Holger Nielsen

Konrads Karriere-Knick

Die Abhandlung ist frei erfunden.
Jede Ähnlichkeit mit Handlungen, Personen oder Orten ist
rein zufällig und nicht beabsichtigt.

Bibliographische Information der Deutschen Nationalbibliothek
Die Deutsche Nationalbibliothek verzeichnet diese Publikation in der Deutschen Nationalbibliographie; detaillierte bibliographische Daten sind im Internet über http.//dnb.d-nb.-de abrufbar.
Die automatisierte Analyse des Werkes, um daraus Informationen, insbesondere über Muster, Trends und Korrelationen gemäß §44b UrhG („Text und Delta Mining") zu gewinnen, ist untersagt.

© 2024 Holger Nielsen
Satz, Herstellung und Verlag: BoD – Books on Demand, Norderstedt, ISBN: 978-3-759-736-130

Inhaltsverzeichnis

Prolog

Bevor ich mit der Karriere von Konrad Kamphenkel beginne, will ich mir die Freiheit nehmen, Leser und Leserinnen zu Duzen; das erspart mir die lästige Genderei und hält das Schriftbild übersichtlich; dies „Bißchen Vertrautheit" erlaube ich mir angesichts des längeren Miteinanders mit Euch im Laufe dieser Abhandlung. Besagter Konrad Kamphenkel hatte die seltene Eigenart, aktuelle Ereignisse mit eigenen Erfahrungen und Erlebnissen in seiner Vorstellung zu vermengen und nachts im Traum recht lebhaft nachzuempfinden, wobei er dazu neigte, an sich unpassend erscheinende Geschehnisse miteinander zu „verschmelzen" und real existierende Personen wie auch solche, die ausschließlich in seiner Vorstellungswelt existierten, „hineinzumengen". Der Einfachheit halber will ich Konrads Eigenart an einem Beispiel demonstrieren. Ihr werdet euch vielleicht noch an den Untergang der estnischen Fähre Estonia erinnern. Zur Erinnerung zitiere ich das, was Wikipedia dazu vermeldet:

Die Estonia legte am 27. September 1994 mit Verspätung gegen 19.17 Uhr (planmäßige Abfahrt 19.00 Uhr) im Reisehafen der estnischen Hauptstadt Tallinn unter dem Kommando der beiden Kapitäne Arvo Andresson und Avo Piht ab und nahm Kurs auf Stockholm. Die Ankunft in Stockholm war für den nächsten Morgen um 9:00 Uhr geplant. Die Abfolge der Geschehnisse in jener Nacht konnte aufgrund der Aussagen von Überlebenden des Untergangs und des Funkverkehrs nach dem Mayday-Notruf der Estonia einigermaßen rekonstruiert werden.

5

In schwerer See drang zu heute nicht mehr nachvollziehbarer Zeit nach Mitternacht Wasser in die Estonia ein. Wie dieser Wassereinbruch zustande kam, ist nicht zweifelsfrei geklärt. Es gibt hierzu verschiedene Theorien, vom Eindringen des Wassers durch die Bugklappe bis hin zur Vermutung eines ersten Lecks unterhalb der Wasserlinie im Rumpf des Schiffes.

Untersuchungen sollten später ergeben, dass die Scharniere der Bugklappe bei der rauen See starken Belastungen ausgesetzt waren und während der Fahrt brachen. Der wenig erfahrene Kapitän verringerte trotz der Probleme mit der Bugklappe nicht die Fahrt. Bei dem hohen Wellengang brach das Bugvisier um etwa 1:15 Uhr weg und große Wassermengen konnten ungehindert in das Schiff eindringen.

Daraufhin bekam die Fähre starke Schlagseite und sank innerhalb kurzer Zeit. Die Besatzung wurde durch eine interne Warndurchsage informiert, der Notruf ging offenbar lediglich in estnischer Sprache über die Lautsprecher, so dass der größte Teil der (meist schwedischen) Passagiere diesen nicht verstehen konnte. Nur wenige Minuten nach dem ersten Notruf „Mayday" um 1:22 Uhr, der von anderen in der Nähe befindlichen schwedischen und finnischen Schiffen aufgefangen und beantwortet wurde, riss der Funkkontakt um 1:29 Uhr ab. Bereits kurze Zeit später verschwand die *Estonia* von den Radarschirmen der umliegenden Schiffe und der Militäranlagen an Land und auf Inseln.

Da sich der Unglücksort in einem relativ stark befahrenen Seegebiet befindet, war bereits etwa eine Stunde nach Abbruch des Funkkontakts die Mariella, eine Fähre der Viking Line, am Unglücksort. Starker Wellengang bis zu 10 m Höhe behinderte die Rettungsmaßnahmen. Lediglich 137

Menschen überlebten das Unglück. Die meisten Passagiere konnten das sinkende Schiff nicht verlassen, da ihnen keine Zeit mehr zur Flucht ins Freie blieb. Ein Teil der Passagiere, dem dennoch die Flucht von Bord der Estonia gelang, starb im etwa 13 C kalten Wasser der Ostsee oder auf den Rettungsinseln an Unterkühlung. Mindestens 852 Menschen kamen bei der bisher größten Schiffskatastrophe in Friedenszeiten auf der Ostsee ums Leben. Nur 94 von ihnen wurden geborgen.

Die ertrunkenen Fahrgäste kamen aus Dänemark, Deutschland, Estland, Finnland, Frankreich, dem Vereinigtem Königreich, Kanada, Lettland, Litauen, Marokko, den Niederlanden, Nigeria, Norwegen, Russland, Schweden, der Ukraine und Weißrussland.

Junge Menschen und insbesondere junge Männer überlebten das Unglück zu einem größeren Anteil als die übrigen Passagiere. Während 485 der 989 Personen an Bord Frauen waren (49 %), sind unter den 137 Überlebenden nur 26 Frauen (19 %). Während sich von den 60 jungen Männern im Alter von 20 bis 24 an Bord 26 (43 %) retten konnten, gelang dies nur 4 von insgesamt 40 (10 %) Frauen gleichen Alters. Von den 15 Kindern (Alter unter 15 Jahre) überlebte nur ein Junge. Besonders hoch waren die Verluste unter den 301 Personen im Alter von mindestens 55 Jahren. Von ihnen konnten sich nur 7 retten, darunter 5 im Alter unter 65 und keiner über 75 Jahre.

Zahlreiche der Überlebenden leiden noch lange nach dem Unglück unter den psychischen Folgen. Eine 2011 publizierte Studie, die Überlebende 14 Jahre nach dem Unglück befragte, ergab, dass 27 % der Überlebenden über signifikante Symptome psychischer Probleme berichteten.

Mit dieser Katastrophe kombinierte Konrad unwillkürlich seine Impressionen, die ihn vor längerer Zeit vor dem Gemälde „Die Rosse des Neptun" von Walter Crane überwältigt hatten. Bei Wikipedia findet man dazu Folgendes:

Walter Crane wurde zu der Komposition durch den Anblick der Brandung während einer Amerikareise angeregt, von der er 1892 zurückkehrte. Ähnlich Böcklin personifiziert sich ihm der landschaftliche Eindruck in den mythologischen Gestalten des Meeresgottes Neptun und seiner ungebändigten Rosse. Als Vorbild diente vielleicht auch ein schmal hochformatiges Bild "Sea Horses" von Cranes Freund George Frederick Watts, das 1893 in der gleichen Ausstellung der Londoner New Gallery hing wie "Die Rosse des Neptun". Crane hat mehrere Farbentwürfe zu seinem Werk in Tempera und Öl geschaffen, deren ersten er schon im Winter 1892/93 in der "Water Colour Society" ausgestellt hatte.

Für Konrad war es normal, besonders vor dem Einschlafen – und in den Schlaf hinein – die Tageseindrücke auf seine ganz besondere Weise zu verarbeiten. So geschah es auch des Nachts in den letzten Tagen im September des Jahres 1994: Immer wieder aus Neue durchlebte Konrad den Tumult beim Untergang eines Fährschiffes auf hoher See. Aus unerklärlichen Gründen befand er sich stets auf dem Vorschiff hinter der Lücke, die durch die weggerissene Bugklappe entstanden war. Da die Fähre schon starke Neigung zur Backbordseite hatte, klammerte sich Konrad an die Aufbauten, um nicht in die brodelnde See zu stürzen. Seltsamerweise hatte er nie Todesangst. Und das lag keinesfalls daran, daß ihm bewußt war, nur zu träumen, sondern – und das war Konrads ganz besondere Macke – er konnte darauf vertrauen, daß ihm in kritischen Traumsituationen immer jemand zu Hilfe kam. Anfangs, das heißt vor etlichen Monaten, war diese Hilfe in Konrads Träumen tatsächlich nur nebulös, also nicht als Person erkennbar. Aus diesen wabernden Nebelschwaden schälte sich von Traum zu Traum immer deutlicher eine schlanke, weiß gekleidete Frauengestalt heraus, die für Konrad Helene hieß. Warum kann ich Euch nicht sagen, da müßtet Ihr Konrad schon selbst fragen!

Diesmal schien es tatsächlich schlecht um Konrad im Traum zu stehen; die sich vor dem Bug der Fähre aufbäumenden Brecher wandelten sich über dem Schiff in mächtige Rosse mit wehenden Mähnen, Schaum vor den Mäulern, weit geöffneten Nüstern und rot unterlaufenen Augen, deren Hufe wie wild über die Planken des Schiffes donnerten, wenn die Brecher über der langsam sinkenden Fähre hereinbrachen. Konrad rutschten die Füße weg und mit den Armen wild um sich schlagend gelang es ihm, einen Rettungsring zu fassen zu kriegen. Er trieb in ihm hängend von dem unter ihm versinkenden Schiff ins offene, wild tobende Meer, fortwährend überrannt von Neptuns durchgehenden Rössern. Konrad wurde in einem wild tosendem Strudel herumgewirbelt, als ihn plötzlich eine Hand am Kragen packte und ihn an die Wasseroberfläche zog. Ehe er sich es versah, wurde er in ein Rettungsboot gezogen und meinte, schlapp zusammengesunken in dem Durcheinander von tosenden

9

Wellen, die weiße Silhouette seiner Helene erahnen zu können. Dann versank Konrad in abgrundtiefen, schwarzen Tiefschlaf.

Ich hoffe, Euch mit diesem Beispiel Konrads besondere Fähigkeit der – nennen wir es – persönlichen Problemlösung deutlich gemacht zu haben; aber man könnte ebenso von schizophrenen Anwandlungen sprechen.

1. Wiederkehr

Das rhythmische Piepen von Geräten zu seiner Linken und das Gefühl von diversen Schläuchen und Kabeln, die in seinen Körper führten oder mit Klebekontakten an ihm hafteten, empfingen Konrad in der Realität. Er starrte - bewegungslos, weil fixiert auf dem Rücken liegend - an eine weiße Zimmerdecke; er fühlte, wie sein Kopf in einer mit Mull umhüllten Vorrichtung so arretiert war, dass er ihn weder nach rechts oder links wenden konnte; nur dieses ahnungslose Stück weißer Zimmerdecke wurde ihm zuteil.

Nur allmählich wurde Konrad bewusst, dass er in einem – und nicht seinem – Bett lag, umhüllt und bedeckt von weißem Betttuch, das nicht sein eigenes sein konnte. In seinem allmählichen Erwachen aus einem tiefschwarzen gesichtslosen Traum war augenblicklich nichts so wichtig, wie diese weiße Fläche über ihm. Ihm war es genug, sie zu begreifen; mehr wollte er nicht.

Das Gewirr von Kabeln und Schläuchen auf seiner Brust verwunderten Konrad, ohne daß er sich in seinem immer noch benebelten Zustand klar darüber werden wollte, wo er sich eigentlich befand und was mit ihm geschehen war.

Während der Chefvisite am nächsten Vormittag erfuhr Konrad, dass er das U-Bahn-Opfer vom Krökendamm sei. Diese direkte Mitteilung war ihm wenig aufschlussreich, wurde ihm aber danach durch die Erläuterungen der ihn betreuenden, vollbusigen Schwester Camilla – wahrscheinlich eine Polin, weil sie zwar fast perfekt deutsch sprach, dies aber mit einem hart rollenden „R" – nachvollziehbar. Demnach war er auf dem U-Bahnhof Krökendamm mit der U-Bahn – in welcher Weise auch immer – in Kontakt gekommen und hatte einen sog. „Personenunfall" verursacht. Nur schemenhaft war ihm in Erinnerung, was dort passiert sein konnte: Er sah sich in den Armen einer – wie er zu sich erinnern meinte – überaus aparten Frau mittleren Alters liegen, die ihn zu beruhigen suchte, indem sie mit sanfter Stimme immer wieder davon sprach, dass der Krankenwagen gleich eintreffen müsse. Konrad stand das über ihn gebeugte Gesicht dieser besorgten Frau immer noch sehr deutlich vor Augen, obwohl er der Meinung war, sie nie zuvor gesehen zu haben: Sie war ihm fremd und doch auch vertraut zugleich: Wie er es in diesem Augenblick empfand, hatte sie überaus „gütige blaue Augen", wenn sie auch etwas zu viel Schminke aufgetragen hatte und weniger Kajal dem Ausdruck ihres Gesichtes zuträglicher gewesen wäre. In seiner jetzigen misslichen Situation empfand Konrad für die fremde ihn umsorgende Frau in ihrem geblümten Sommerkleid geradezu überschäumende Sympathie, wäre nur nicht diese Schwindelgefühle und der brennende Schmerz in seinem Hals und Brustbereich gewesen.

Natürlich begann Konrad in den nächsten Tagen darüber nachzugrübeln, was ihn in das Behring-Krankenhaus in Amring verfrachtet hatte. Nur ganz allmählich und zunächst auch nur bruchstückhaft meinte er sich schließlich an die Ereignisse auf dem U-Bahnhof Krökendamm zu erinnern: Er hatte als Experte seiner Fachdisziplin „Molekulare Mechanismen in ein- und wenigzelligen Organismen" im Tagungszentrum am Krökendamm an einer Fachtagung als Gutachter teilgenommen und wartete auf der U-Bahnstation Krökendamm darauf, wieder in Richtung Zentrum zurückzufahren. Die Einladung an dieser internationalen Expertenkommission teilzunehmen, hatte ihm schon im Vorfeld und auch vor der Leitung seines Institutes ungemein wohlgetan. Als er nun nach der Sitzung auf einer Bank des U-Bahnhofs Krökendamm saß, setzte ihm das bohrende Gefühl zu, als Teilnehmer eines wissenschaftlichen Kasperletheaters missbraucht worden zu sein. Im Nachhinein erschien es ihm, als wenn es vollkommen egal gewesen war, wie er aufgrund seiner Untersuchungen argumentiert hatte, um die zukünftigen Ziele der nationalen Forschungsprojekte bestätigen zu können. Jetzt auf der Bank der U-Bahnstation Krökendamm fühlte sich Konrad missbraucht und leer.

Er hatte seine Unterarme auf den Oberschenkeln abgestützt und starrte - deprimiert vom Verlauf des Tages – trübsinnig und gelangweilt über die graue Pflasterung des Bahnsteigs hinweg zum Gleisbett der U-Bahn. Am Rand zur Bahnsteigkante hatte sich Regenwasser von den heftigen Güssen des Vormittags in drei flachen, jedoch großflächigen Pfützen angesammelt. Wenn eine der gelegentlichen Windböen darüber hinwegfuhr, überzogen sich diese Wasserlachen mit einem Geflecht kleiner Wellen. Wie ein Meer im Kleinen, sinnierte Konrad, mit Wellengang und auflaufenden Wellen am Strand; „Strand" fand Konrad keineswegs als unpassend in

13

diesem Zusammenhang, hatte er doch sogleich einen flachen weiten Sandstrand vor seinem inneren Auge, auf den gemächlich langgedehnte Wellen unter gelegentlichem schäumenden Überstürzen aufliefen. Obwohl Konrad von diesem friedlichen Geschehen angetan war, spürte er doch auch eine unheimliche Kraft, die von seiner Vision ausging und ihn befangen machte. Er vermeinte ein leises Pochen in den Schläfen zu spüren, das sich kaum merklich zu verstärken schien und irgendwie zwanghaft mit seiner Vision zusammenhing. Er griff sich an die Schläfen und presste die Handflächen flach auf Schläfen und Ohrmuscheln. Doch das Pochen wurde immer lauter und veränderte sich zunehmend – ja in was denn? Konrad war sich augenblicklich klar, dass er galoppierende Pferde am Strand hörte; und nicht nur das, er vermeinte auch ganz deutlich ihr Schnauben und Keuchen zu hören. Als er das erste Pferd – einen stattlichen Apfelschimmel – von rechts in sein Gesichtsfeld stürmen sah, mit Schaum vorm Maul und rotgeränderten Augen, sprang er mit einem wimmernden, gequälten Aufschrei auf; hinter sich hörte er etwas scheppernd zu Boden fallen.

Er sackte – aufatmend zurück in der Wirklichkeit – auf die Bank zurück und sah zu seinen Füßen einen altmodischen Gehstock aus schwarzem Ebenholz und einem silbernen Griff am oberen Ende vor seinen Füssen liegen; sein ganzes Aussehen ließ Konrad vermuten, dass es sich um einen Gehstock aus dem vorigen Jahrhundert handeln müsse, den hier jemand auf dem Bahnsteig hatte liegen lassen. Versonnen drehte Konrad das Fundstück in seinen Fingern hin und her:

das schwarze Ebenholz war ohne Tadel, die eiserne Stockspitze natürlich im Laufe der Jahre schräg abgeschliffen, der silberne Griff war in makellosem Zustand, er war verziert mit einigen grimmig ausschauenden Drachenköpfen und zwei oder drei lateinischen Spruchweisheiten, deren Sinn sich Konrad aber nicht augenblicklich erschloss: insgesamt eine kostbare Rarität, die ihr Eigentümer sicherlich schmerzlich vermissen würde.

Gerade in diesem Moment hörte Konrad die U-Bahn in den Bahnhof einfahren, sprang auf und wollte eilig zur U-Bahn hinübergehen, als er – erklären konnte er es sich später auch nicht – irgendwie mit dem gerade gefundenen Gehstock in Kollision geriet und bäuchlings in die Regenpfützen stürzte. Er schlug hart mit dem Kopf auf und hatte nur noch die Erinnerung, dass eine ihm fremde Frau beruhigend auf ihn einsprach (Nur ruhig bleiben, der Krankenwagen und der Notarzt kommen), ihn fixiert am Boden festhielt und äußerst besorgt um ihn erschien.

Im Krankenhaus sagte man ihm den Namen der hilfreichen Frau in dem geblümten Sommerkleid, von dem er aber nur ihren Vornamen Helene behielt; alle weiteren Angaben zu ihrer Person waren wohl in dem allgemeinen Trubel auf dem U-Bahnsteig verloren gegangen. Das fand Konrad für die zwei oder drei Tage im Krankenhaus bedauerlich, dann aber vergaß er seine Dankbarkeit gegenüber dieser Helene; es war jetzt weit Wichtigeres zu regeln, was für ihn Belang hatte.

Als er das erste Mal wieder morgens im Institut und seinem Labor auftauchte, war nur wenig davon die Rede, wie es ihm jetzt gesundheitlich gehe; statt dessen zerrissen sich die meisten die Mäuler darüber, wie es zu dem „Vorfall" oder der „Affäre" am Krötendamm eigentlich gekommen sei; auch diese ominöse blonde Frau im geblümten Sommerkleid hatte in einigen Blättern der Regenbogenpresse Erwähnung gefunden; allerdings fehlte sie auf den wenigen Photographien in den Artikeln über diesen Vorfall in den Lokalzeitungen.

Konrad widerte die ganze Angelegenheit mehr und mehr an; sein Forschungsprojekt war jetzt für ihn sein ein und alles und sollte nicht gedanklich von irgendwelchem Allotria gestört werden. Zwar konnte er es nur nach und nach unterbinden, dass sich die Mitglieder seiner Arbeitsgruppe – insbesondere die drei technischen Assistentinnen – gelegentlich über die vermeintlichen Eskapaden ihres Chefs auszutauschen versuchten, doch durch Mangel an weiteren Informationen erstarb auch dieser Drang zur unqualifizierten Diskussion.

Aber damit war Konrads Leidensweg noch nicht beendet; auch im Leitungsbereich des Instituts war man überzeugt, über die sogenannte Krökendamm-Affäre des Kollegen Kamphenkel informiert zu sein. Und es wurde automatisch ventiliert, inwieweit dieses Vorkommnis in Anbetracht des sowieso schon bedenklichen Images des Kollegen Kamphenkel relevant für das öffentliche Ansehen des Institutes sein könne; schließlich sei die Forschung des Instituts in starkem Maße von öffentlichen Zuwendungen abhängig. Wie in solchen Fällen üblich, traten die vermeintlichen oder tatsächlichen (wer wollte darüber schon richten) finanziellen „Verwicklungen" einiger der Vorstandsmitglieder des Instituts in einen für sie „angenehmen" Hintergrund; niemand fragte derzeit mehr danach, ob die Industrie – etwa Monsanto oder Schering oder generell die DECHEMA – an den laufenden Forschungsprojekten des Institutes Interesse haben könnte bzw. habe. Insbesondere der Leiter der gentechnischen Abteilung, Dr. Bukowski, war für Konrad in dieser Hinsicht ein unrühmliches Beispiel und – bezogen auf sich selbst – ein stetes und überaus infames Ärgernis. Ungeachtet dessen, daß mit Forschung auf dem Gebiet der pflanzlichen Gentechnik im universitären Bereich nun wirklich „kein Blumentopf mehr zu gewinnen war", verstand es Bukowski nach und nach seinen Laborbereich im Institut zu erweitern, Drittmittel für das, was er seine Forschung nannte, in scheinbar nicht unerheblichem Umfang von wem auch immer einzusammeln und darüber hinaus auch noch ein beliebter Gastredner der jetzt ach so aktuellen Risikoforschung zu sein. Zu Konrads großem Verdruß verstand es Bukowski auch noch seine Aktivitäten der Öffentlichkeit „als Forschung zu verkaufen", wobei diese Öffentlichkeit eigentlich aus der Riege der aktuellen regionalen und überregionalen Politiker, einer begrenzten Gruppe interessierter Medienvertreter und interessierten Lobbyisten der Wirtschaft bestand. Immer wieder hatte es Konrad erlebt, wie Bukowskis Verbandelung mit diesen Interessengruppen beinahe publik zu werden drohte und doch immer wieder im alltäglichen Einerlei der Meldungen unterging. Selbst die Nachricht, daß Bukowski an einem von einem US-amerikanischen Großkonzern, der gentechnisch veränderte Pflanzen im Bereich der Europäischen Union freisetzen wollte, gesponserten „wissenschaftlichen" Meeting in einem Ort an der Riviera bezahlt teilgenommen hatte, fiel weder dem zuständigen Ministerium im relevanten Bundesland noch in der Hauptstadt auf. Selbst die sonst so akribisch suchenden NGOs[1] kamen nicht auf diese „heiße" Spur.

Wenn Bukowski es zudem auch nicht unterlassen konnte, - zugegeben sehr indirekt - immer wieder gegenüber von Institutskollegen in Frage zu stellen, ob denn „die Forschung" dieses Assistenten – „Sie wissen schon, wen ich meine" – wirklich geeignet sei, für das Ansehen des Institutes beizutragen, so stellte er damit in infamer Weise und ohne jeglichen Beweis Konrads Forschungstätigkeit in Frage. Woher nahm Bukowski sich nur das Recht, in dieser anmaßenden und herabwürdigenden Weise über ihn herzuziehen? Es war für Konrad nur eine geringe Genugtuung, wenn er Bukowski ein geradezu abgrundtiefes Minderwertigkeitsgefühl zu unterstellen vermeinte, da Bukowski erst nach einer abgeschlossenen Gärtnerlehre in Westberlin – nach Absolvierung der Abendschule und Abschluss mit Abitur – Zugang zu einem Studium der Biochemie und Genetik an der FU[2] Berlin

1 NGO = non-governmental organization
2 FU = Freie Universität

gefunden hatte; nach dem Abschluss einer externen Dissertation im Bereich Genetik an einem Max-Plank-Institut in West-Berlin hatte er offensichtlich einige Schwierigkeiten gehabt, seine wissenschaftlichen Fähigkeiten erfolgreich vermarkten zu können, bis er an der hiesigen Universität „im Rahmen der allgemeinen Erwartungen an das neue Fachgebiet Gentechnik ein wissenschaftliches Unterkommen" gefunden hatte; von staatlicher Seite war dem Institut die Personal- und Sachgelder zur Etablierung einer dafür einzusetzenden Abteilung zugebilligt worden. Und offensichtlich war man der Meinung, dass Bukowski alle wissenschaftlichen Qualifikationen mitbrächte, um die Leitung dieser wissenschaftlichen Abteilung übernehmen zu können. Dessen war sich Konrad schon bald nach seinem Dienstantritt in der Abteilung von Bukowski nicht mehr sicher.

Es bereitete Konrad geradezu körperliche Schmerzen, wenn Bukowski von seinen Forschungsaktivitäten zu berichten begann; wiederholt war es Konrad passiert, dass er auf wissenschaftlichen Kongressen im Anschluss an seinen Chef Bukowski einen Vortrag zu Fragen der Sicherheit von genetischen Markern bei der Etablierung gentechnisch veränderter Pflanzen halten mußte, vorher aber die sehr eigentümlichen Ausführungen seines Chefs zu den vermeintlichen Chancen der gentechnisch veränderten Pflanzen anhören zu müssen, wobei weniger der fachliche Inhalt dieses Vortrags als vielmehr die Präsentationsweise – überladene Folien und zu leiser Vortragsstil – die Konrad umgebende Zuhörerschaft zusehends empörte. Es war für Konrad keineswegs leicht, nach seinem – für alle Anwesenden laut Verzeichnis der Vortragenden ersichtlich – Vorgesetzten nun seinerseits seinen Vortrag zu halten; natürlich war es für Konrad immer ein Erlebnis, wie sich die Atmosphäre zwischen ihm und seiner Zuhörerschaft schon nach wenigen Worten entspannte. Mit großer Zufriedenheit konnte er immer wieder feststellen, daß sein Vortragsstil akustisch und vom logischen Aufbau und fachlichem Inhalt her im Gegensatz zu Bukowskis Vorträgen äußerst gut ankam; sein größter Triumph in dieser Hinsicht erlebte Konrad bei einer Fachtagung zum neuen Gentechnikrecht, auf der Naturwissenschaftler den Juristen die fachlichen Grundlagen für die gesetzlich festgelegten Regelungen darlegen sollten. Nach seinem Vortrag sprach Konrad der Staatssekretär aus dem Wissenschaftsministerium lobend an und teilte ihm seine Verwunderung darüber mit, daß er entgegen den Aussagen von Dr. Bukowski („Meine Mitarbeiter haben fachlich keine hinreichende Kenntnisse!") eben eine herrlich fundierten Vortrag geboten bekommen habe und er ihn deshalb um seine Mitarbeit an einer kommentierten Ausgabe des Gentechnikrechts bitten wolle. Konrad war geradezu perplex über die heimliche Übelrede seines Chefs und gleichzeitig natürlich hocherfreut über das sehr schmeichelhafte Angebot des Staatssekretärs.

Aber Konrad sollte wieder erleben, welchen Schutz vor offenen Anfeindungen die entsprechende Position bietet: als Abteilungsleiter mit internationalen Verbindungen konnte sich Dr. Bukowski so manche abfällige Bemerkung über seine Mitarbeiter erlauben, „Ex officio" wurde ihm in der Regel geglaubt und den infam angehängten Makel wurden seine Mitarbeiter nur selten wieder los. Die einzige Möglichkeit diesen miesen Anwürfen zu entkommen, waren selbst erarbeitete wissenschaftliche Leistungen und die damit verbundene externe Anerkennung. Die konnte selbst ein Bukowski nicht mehr niedermachen. Was er konnte und auch vollzog, war der systematische Ausschluß von Konrad von jeglicher Tätigkeit in der Öffentlichkeit; er sollte keine Gelegenheit mehr bekommen, seine Fähigkeiten und sein Wissen zeigen zu können. Intern durfte Konrad ihm natürlich zuarbeiten. Kein Wunder, daß solch eine Konstellation auf Dauer nicht gut gehen kann!

Ich kann nicht umhin, mich kurz direkt einzumischen: Bukowskis größtes Problem war, daß er meinte, nicht die allgemeine Anerkennung zu bekommen, die auch ihm von Rechts wegen eigentlich zustand. Weil er es selbst nicht geschafft, zu habilitieren, also die Voraussetzung für eine etwaige Ernennung zum Professor zu erlangen, sprach er kurzerhand den Professoren, mit denen er zu tun hatte, ihre intellektuellen Fähigkeiten ab, man kann auch sage, er erklärte sie für dumm.

2. Der herrenlose Gehstock oder wer darf wo parken

Der Tag der „Klärung" war an einem Dienstag Ende Mai. Wie immer, fand die Sitzung des Institutsrats im Hauptgebäude im Seminarraum statt. Konrad hatte in diesem Gremium als Vertreter des akademischen Mittelbaus nur Anhörungs- aber kein Stimmrecht; also eine ausgesprochen gute Ausgangslage für die Ordinarien, die Belange der akademischen Mittelschicht kleinzureden oder geflissentlich zu übersehen.

Der Seminarraum im Hauptgebäude war architektonisch sehr eigenartig konstruiert; man betrat ihn durch eine Tür im zweiten Stock und gelangte dann über eine Treppe hinab in den eigentlichen Seminarraum, der sich zwischen dem Erdgeschoss und der ersten Etage befand; zur Straße hin war er durch eine Wand aus Glasbausteinen abgetrennt und damit von außen nicht einsehbar. Aber auch die Hintergründe dessen, was im Rahmen des Institutsrates hier jeden Monat diskutiert und beschlossen wurde, waren für Konrad eben so wenig „einsehbar". In der Regel kam er erst in den nachfolgenden 14 Tagen dahinter, zu verstehen, welcher Teilnehmer des Institutsrates durch sein Votum welchem seiner Kollegen genützt hatte und dabei auch seinen eigenen Interessen vorangetrieben hatte. Für Konrad waren die stimmberechtigten Mitglieder des Institutsrates – also die Lehrstuhlinhaber - der „verschworene Haufen", gegen den man nicht ankommen konnte.

Die Sitzung des Institutsrates begann wie immer: Mit fünfminütiger Verspätung eilte der derzeitig auf drei Jahre gewählte Direktor, Prof. Waschke, bewaffnet mit seinem Klemmbrett, geschäftig die Treppe herab – Konrad meinte dann immer eine Nachahmung des US-amerikanischen Präsidenten zu sehen, wie er über die Gangway sein gerade gelandetes Flugzeug verließ - und nahm seinen angestammten Platz am Kopf des langen Konferenztisches ein, indem er eine Entschuldigung murmelte, daß ihn ein Telefonat – diesmal mit einem Kollegen aus East Lansing – aufgehalten habe, rechtzeitig zur heutigen Sitzung zu erscheinen. Es ging das Gerücht, dass er seine Frau Hedwig noch immer Heather nannte, weil ihm das internationaler klang. Die Vertreter des technischen Dienstes, des akademischen Mittelbaus und sogar einige Professoren konnten ein Grienen ob dieser Farce nicht unterdrücken und manch einer von ihnen kaschierte sein Amüsement mit einem angelegentlichen Blättern in seinen Unterlagen. Doch der jetzt Vorsitzende ging eifrig zur Sache, indem er wissen wollte, ob jemand Einwände gegen die vorliegende Tagesordnung habe. In die allgemeine Stille reckte sich ein Professor – Prof. Sigurd Nilson, gebürtig aus Norwegen – zu voller Größe auf und bat eindringlich um die Klärung der Parkplatzsituation auf dem Gelände des Institutes. Das wurde mit einem allgemeinen Aufseufzen quittiert, war doch der norwegische Kollege scheinbar etwas naiv und konnte es nicht unterlassen, immer wieder diesen „Dauerbrenner" auf jeder Sitzung des Institutsrates zur Diskussion zu stellen; seit zwei Jahren konnte dieses Problem nicht gelöst werden, aus dem einfachen Grund, weil es auf dem Gelände des Institutes weniger Parkplätze gab als Autos der Mitarbeiter. Mehrere Male schon hatte er – wie Konrad ihm wohlwollend unterstellte – ihn selbst mit der Frage konfrontiert, wo er denn eigentlich seine Wagen parken würde. Darauf hatte er ihm schon etliche Male geantwortet, daß er als wissenschaftlicher Hochschulassistent – somit als Mitarbeiter der Institutes – grundsätzlich Anrecht auf einen Parkplatz auf dem Gelände des Institutes habe, dieses Anrecht aber nicht wahrnehme, da er es vorziehe, mit dem öffentlichen Nahverkehr zur Arbeit zu kommen. Darauf schwieg die versammelte Professorenschaft – jedes Mal – ohne jede Miene zu verziehen und drängte den Vorsitzenden, den nächsten Tagesordnungspunkt aufzurufen. Konrad war es stets ein „Dorn im Auge", wenn Kollegen oder Kolleginnen immer noch in „röchelnden Schrottkarren" jeden Morgen auf den Parkplatz des Institutes fuhren, den Tag über aber extreme Abgasvermeidungstheorien propagierten. So „pseudogrünes Verhalten" war ihm zuwider. Daher empfand er es als eine infame Zumutung, als eine durchaus intelligente Studentin, die bei ihm ihr Diplom gemacht hatte, ihn darauf ansprach, nun eine Doktorarbeit mit mehr ökologischem Hintergrund in Angriff zu nehmen. Für Konrad war klar, dass dieses Ansinnen an ihn durch den Einfluss ihres derzeitigen Liebhabers beeinflusst war, der an der Universität einer benachbarten Stadt eine Doktorarbeit in Ökologie begonnen hatte. Diese Kombination schien Konrad zu kompliziert und er lehnte die weitere Betreuung ab. Sein ehemaliger Doktorvater und Abteilungsleiter jedoch vereinnahmte sozusagen diese angehende Doktorandin und überzeugte sie davon, in sein Forschungsprojekt über die Fähigkeit von bestimmten Grünalgen zu „einzusteigen", deren Kohlenstoffwechsel sich experimentell umsteuern ließ; die molekularen Mechanismen waren dabei von Interesse. Sein ehemaliger Doktorvater strebte dieses Forschungsprojekt an, unter der unausgesprochenen Annahme, daß sich sein Assistent, also Konrad – über kurz oder lang – auch für diese Problematik interessieren werden (müsse) und damit die Betreuung dieser Doktorandin für ihn - Konrads ehemaligen Doktorvater, aber auch Dienstvorgesetzten) - übernehmen würde; wieder ein Akt akademischer Knebelung und so subtil, dass Konrad nichts dagegen sein konnte: weder aus wissenschaftlicher Sicht noch wegen seiner dienstlichen Abhängigkeit. Aber im Grunde genommen war Konrad wieder einmal an seiner undiplomatischen Geradlinigkeit gescheitert.

Inzwischen hatte Prof. Waschke versucht in seiner von ihm verfaßten Tagesordnung fortzufahren, ohne dass Konrad dem im Augenblick große Aufmerksamkeit gezollt hatte. Als er jetzt jedoch Prof. Rübnitz, Experte für Paläobotanik und Systematik, mit der für ihn typischen leicht heiseren und hüstelnden Stimme fragen hörte, was es denn mit dem Vorfall auf dem U-Bahnhof „Krökendamm" auf sich habe, in den doch ein Angehöriger „Unseres Instituts" verwickelt gewesen sei, war er sofort wieder hellwach. Prof. Waschke wedelte zuerst noch etwas unentschlossen mit der rechten Hand über seinem Klemmbrett hin und her; als jedoch die Mehrheit der Sitzungsteilnehmer bereits zu Konrad hinüber sah, meinte Prof. Waschke betont gönnerhaft, daß in diesem Fall es doch wohl das Sinnvollste wäre, dem daran Beteiligten das Wort zu erteilen, damit sie aus erster Hand informiert werden könnten. Konrad war von dieser direkten Attacke überrascht und versuchte etwas derart zu seiner Verteidigung vorzubringen, daß er sich nicht als Institutsangehöriger auf dem U-Bahnhof „Krökendamm" aufgehalten habe, sein Aufenthalt dort also ausschließlich privater Natur gewesen sei und – wenn auch die Medien leider mehr daraus machen wollten – die Ereignisse dort die Belange des Instituts in keiner Weise berühren würden. Während Konrad sich in dieser Weise einigermaßen rüde verteidigte, war ihm klar, dass er eigentlich schweigen mußte und nicht reden sollte. Denn wer gesprochen hat, kann nicht mehr schweigen. Auf dieser Asymmetrie der Kommunikation gründet letztlich jede Klugheit. Prof. Waschke wurde jetzt ungeduldig, bat zu der Tagesordnung zurückzukommen und meinte – wobei er über den Rand seiner Lesebrille grienend zu Konrad hinübersah – sie hätten ja alle noch Wichtigeres zu tun, als hier unnötige Debatten abzuhalten, wer wann und wo in der Stadt irgendwelche Begegnungen „der Dritten Art" erlitten habe. „So, dann wollen wir uns dem Entwurf der geänderten Prüfungsordnung zuwenden, der Ihnen vorliegt." Konrads Anspannung wich etwas, als er sah, wie sich die Schar der vorwiegend weißhaarigen Professorenhäupter über ihre Unterlagen beugten und sich mit ihren Notizen zu schaffen machten. Als Konrad vermeinte, unbedingt einen Schluck Wasser trinken zu müssen, um sich vollkommen beruhigen zu können, und schon die Hand nach dem Glas ausgestreckt hatte, kroch wieder dieses beängstigende Pochen seinen Hals hinauf und begann sich in seinen Schläfen festzusetzen. In panischer Angst vor einem erneuten Anfall in dieser prekären Umgebung begann Konrad seine Schläfen zu massieren; das Pochen konnte er zwar aufhalten, aber er glaubte eine Erscheinung zu haben: oben auf dem Podest über dem Seminarraum war eine blonde Frau mittleren Alters in einem geblümten, weißen Sommerkleid aufgetaucht und kam auch schon die Treppe zu ihnen herunter, allerdings sehr vorsichtig, mit fast fließenden Bewegungen und ohne jegliches Geräusch zu erzeugen; niemand in der Runde nahm sie war, so vertieft waren die Sitzungsteilnehmer in ihre Unterlagen. Konrad kannte diese Frau nicht und dennoch war ihm augenblicklich klar, dass das die bewußte Helene vom U-Bahnhof Krökendamm sein mußte. Wie und warum sie nun schon wieder in seiner Umgebung auftauchte, war ihm ein Rätsel. Diese Frau jedoch schritt praktisch lautlos hinter der Reihe in ihren Unterlagen lesender Professoren vorbei zu ihm, legte ihm leicht lächelnd ein Blatt Papier auf seine Unterlagen, machte Kehrt und verschwand genauso still und heimlich, wie sie Konrad aufgesucht hatte. Konrad entfaltete das Blatt und las, dass der Eigentümer des Gehstocks aus Ebenholz vom U-Bahnhof Krökendamm niemand anderes war als der stadtbekannte Präsident der westfälischen wissenschaftlichen Gesellschaft, Prof. Dr. med. Arnulf Krause.

Prof. Waschke schaute auf und blickte in die Runde des Institutsrates; da er Konrad erblickte, wie der – einen Zettel in der Hand – so echauffiert wirkte, als ob er dringend einen Beitrag zur Änderung der Prüfungsordnung vortragen wollte, forderte er ihn auf, seine Meinung zu dem Entwurf zu äußern. Konrad war jedoch so gebannt von dem unverhofften Auftauchen dieser Helene, dass er nur stammelnd mitteilen konnte, daß er jetzt den Eigentümer des Gehstocks vom U-Bahnhof Krökendamm kennen würde. Prof. Waschke schaute kopfschüttelnd auf sein Klemmbrett und meinte nur indigniert, ihm sei nicht erinnerlich und noch weniger nachvollziehbar, warum sie sich auf der Leitungsbesprechung mit solchem Privatangelegenheiten wie gefundene Gehstöcke von wem auch immer beschäftigen sollten. Da hätten sie doch Wichtigeres zu beraten! Recht hast Du, dachte Konrad grimmig und ballte unter dem Tisch die Fäuste, so was Wichtiges wie immer wieder die Parkplatzordnung. Auf wundersame Weise war nicht mehr die Novellierung der Prüfungsordnung zu besprechen, sondern wie man es bewerkstelligen könne, die Anschaffung einer neuen Ultrazentrifuge bewilligt zu bekommen. Konrad zweifelte an sich selber; sollte er so sehr von dem unerwarteten Auftauchen dieser mysteriösen Helene vom Fortgang der Diskussion abgelenkt worden sein? Aber es wurde Konrad keine Zeit gelassen, seinen Gedanken nachzuhängen; wie unter bockigen kleinen Jungs auf dem Spielplatz war unter den doch so ehrenwerten Führungspersonen des Instituts ein Streit darüber ausgebrochen, wo denn die Ultrazentrifuge aufgestellt werden sollte, bevor sie wenigstens beantragt worden war. Es ging wieder einmal nicht um die Sache, sondern wie beim Hahnenkampf um die Vorherrschaft. Von was eigentlich, fragte sich Konrad insgeheim; dann wagte er unbedacht einen eigenen Vorschlag zu machen. Das war die Gelegenheit für die Abteilungsleiter gemeinsam über diesen Kamphenkel herzufallen und ihm egoistische Ziele zu unterstellen, denn sein Chef, der Dr. Bukowski, sei ja sozusagen ein theoretischer Wissenschaftler ohne Bedarf für Ultrazentrifugen. Bukowski, der bislang mehr oder weniger gelangweilt dem Disput seiner Kollegen zugehört hatte, holte tief Luft und setzte mit rot anlaufendem Gesicht zum Gegenangriff an. Zu Konrads Erstaunen hatte Bukowsi tasächlich die Chuzpe[3], seine seit Jahren „ruhenden" Untersuchungen zur Sequenzierung des Genoms eines pathogenen Pflanzenvirus aus seinem – sagen wir einmal – „wissenschaftlichen Keller" zu holen und mit diesem Pseudoprojekt seinen scheinbaren Anspruch auf die Ultrazentrifuge zu begründen. Bukowski erntete mit seinem unrealistischen Einwurf nur spöttisches Gelächter und Konrad hörte in dem Stimmengewirr noch den höhnischen Einwurf: „Da müssen Sie aber endlich Ihre Untersuchungen mit mehr Tempo betreiben, sonst mutiert Ihr Virus schneller als Sie sein Genom sequenzieren kön-

---

3
Chuzpe = zielgerichtete, intelligente Unverschämtheit

nen". In das nun einsetzende Tohowatobu versuchte Prof. Waschke einzugreifen mit seiner jetzt schon beinahe legendären Redewendung „Wir in East Lansig haben immer......". Weiter kam er diesmal aber nicht, denn der sonst so sanftmütige Prof. Sigurd Nilson warf ein „Hic Rhodos, hic salta"[4] ein. Das wirkte so, als ob Öl ins Feuer gegossen wird. In die allgemeine Empörung mischte sich jetzt mit Emphase der Leiter des Lehrstuhls für Geobotanik und terrestrische Ökologie ein, indem er das Ganze für einen unverzeihlichen Affront gegen einen international hoch geachteten Kollegen erklärte und eine angemessene Entschuldigung für dringend notwendig hielt. Prof. Waschke war sichtlich beleidigt und war dabei, seine Sieben-Sachen zusammenzu packen. Konrad war sehr gespannt, wie dieser Waschke die Situation schließlich meistern würde. Sein eigener Chef, Dr. Bukowski, dagegen saß sichtlich amüsiert an seinem Platz und sah offensichtlich keinen Grund zu gehen, da sich ja die allgemeine Aufmerksamkeit so wunderbar von ihm weg und auf diesen Waschke gewendet hatte. Nur Konrad hatte den Anlaß des ganzen Drunter-und-Drüber nicht aus den Augen verloren: Wer wird nun und wann eine neue Ultrazentrifuge beantragen?

4

     Hic Rhodos, hic salta = Hier ist Rhodos, hier springe! Bedeutet: Beweise hier und jetzt, daß du das kannst! Die Worte stammen ursprünglich aus der Fabel „Der Fünfkämpfer als Prahlhans" des Äsop und gelten als Aufforderung an einen Fünfkämpfer, der wiederholt auf seine Leistungen beim Weitsprung auf Rhodos hingewiesen hatte. Als seine Gesprächspartner genug von seiner Prahlerei hatten, forderten sie ihn auf, das damals Geleistete hier und jetzt zu wiederholen.

Damit war für Konrad die Sitzung noch lange nicht zu Ende. Prof. Waschke nutzte die Gelegenheit, Konrad nach dem Stand der Anmeldungen zum Großpraktikum I zu befragen und damit Konrad gegenüber den Institutschef herauszukehren. Konrad war von dieser unverhofften Nachfrage überrascht und sagte spontan, daß sich bis jetzt etwa 600 Teilnehmer angemeldet hätten. Waschke blaffte ihn sofort an, ob er nicht die genaue Zahl kenne und ob die alle tatsächlich am Großpraktikum teilnehmen dürften, würde noch zu prüfen sein. Konrad gehorchte und nannte Waschke die genaue Anzahl von Anmeldungen, nämlich 611, und teilte Waschke außerdem mit, daß die alle die Prüfungen nach dem vierten Semester bestanden hätten; das habe er selbst abgeklärt mit dem Dekanat. Nun wollte Waschke wissen, wie viele Neuzugänge von anderen Universitäten bei den Anmeldungen seien und welche Universitäten das seien.

Jetzt war Konrad ohne seine Unterlagen für weitere Aussagen nicht fähig und auch nicht willens. Das wohlbekannte Pochen in seinen Schläfen setzte ein; wenn jetzt auch noch der schmerzhafte Druck einsetzen würde, würde er wieder die Kontrolle über sein Handeln verlieren! Konrad befiel eine atemraubende Beklemmung: Jetzt nur klaren Kopf bewahren! Von all dem bekam Waschke nichts mit, sondern beharrte darauf, eigenmächtig in die Organisation des Großpraktikums einzugreifen: Nach seiner Erfahrung und Kenntnis seien die Anforderungen im Grundstudium an etlichen deutschen Universitäten nicht adäquat zu seinen Vorstellungen und er werde dafür sorgen, daß alle von diesen Universitäten sich hier einer intensiven mündlichen Prüfung unterziehen müßten, bevor sie am hiesigen Großpraktikum teilnehmen dürften. Konrad war sprachlos vor soviel bornierter Hybris; da konnte er nicht mitmachen: Dieser Waschke verstieß mit seinem Vorhaben gegen den Beschluß des Prüfungsamtes. Konrad wollte der Frau Kleinert, Sekretärin im Dekanat, stecken, was Waschke vorhatte. Der Waschke mußte gestoppt werden!

Als Konrad aus seinem Ingrimm wieder zurückgefunden hatte in die Realität, war er allein im Seminarraum. Er schob die Papiere auf dem Tisch vor ihm in einem Stapel zusammen und versenkte ihn in seiner Aktentasche. Dabei fiel ihm ein, daß sich für heute Nachmittag drei Studentinnen bei ihm angemeldet hatten; soviel er am Telefon von ihnen erfahren hatte, waren sie daran interessiert, bei ihm ihre Diplomarbeit zu schreiben. Er mußte also mit ihnen besprechen, wann sie mit den Arbeiten im Labor beginnen wollten und für welche Themen sie sich interessierten. Gleichzeitig waren diese Gespräche für Konrad die Gelegenheit, sich ein eigenes Urteil über die Motivation und intellektuellen Fähigkeiten der möglichen neuen Mitarbeiterinnen zu bilden. Grundsätzlich ging Konrad immer mit einer positiven Grundeinstellung in diese Gespräche.

3. Audienz beim Präsidenten

Die Rückgabe des Gehstocks an den Besitzer Herrn Prof. Arnulf Krause gestaltete sich für Konrad als sehr aufwendig; nachdem er per Telefon geklärt hatte, wann es diesem Präsidenten der Westfälischen Wissenschaftlichen Gesellschaft opportun erscheinen würde, seinen Gehstock wieder in Empfang zu nehmen, war ihm sehr dezent angedeutet worden, dass sein Kommen am folgenden Samstag um 11.00 Uhr angenehm sein würde. Aufgrund dieses Telefonats stellte sich Konrad für den kommenden Samstag schon auf schwarzen Anzug und Fliege ein. Das Ganze erschien Konrad doppelt kompliziert zu werden, weil ihn dieser Präsident der Westfälischen Wissenschaftlichen Gesellschaft in seinem Privathaus in Friedenau zu empfangen gedachte.

Am besagten Samstag wachte Konrad nach einer ruhig verbrachten Nacht gut ausgeschlafen wie gewöhnlich gegen sieben Uhr auf und war auch sofort hellwach: heute sollte er den allseits gefürchteten Prof. Arnulf Krause kennenlernen. Heute fühlte er sich jedoch selbstbewußt genug und konnte auf das von anderen empfohlene Herausputzen mit besonderem Outfit für diesen Besuch des Präsidenten der WWG verzichten. So kam es, daß Konrad – viel zu gut gelaunt für die Dinge, die da kommen sollten – am späten Vormittag durch die Gartenstadt Friedenau schlenderte und dabei spielerisch mit dem ominösen Gehstock wie mit einem Florett hantierte.

Als Konrad schließlich das Haus Hubertusstieg 5a erreicht hatte, staunte er nicht schlecht. Er hatte einen dieser modernistischen Bungalow-Flachbauten umgeben von sterilen, kurz gestutzten Rasenflächen und nicht minder einfallslosen Lobeerhecken erwartet, aber das Grundstück, vor dem er hier stand, fand Konrad einzigartig und aus seiner Sicht „herzerwärmend". Über dem einstöckigem Haus thronte ein tief gezogenes Walmdach und vermittelte den Eindruck von Geborgenheit. Über eine sanft geschwungene Treppe gelangte man hangaufwärts zur Haustür. Frohgemut und den Gehstock mit der rechten Hand rotieren lassend stieg Konrad langsam die Treppe hinauf. In einer Art Übersprungshandlung vor der „Audienz" beim Präsidenten fing Konrad auf dem letzten Teil der Treppe an, die Melodie zu „Die Gedanken sind frei, wer kann sie erraten" vor sich hin zu pfeifen.

Konrad schrak nicht wenig zusammen, als kurz vor der Haustür aus den Rhododendronbüschen zur rechten Seite eine ältliche Frau im wahrsten Sinne des Wortes auftauchte und nach Konrads Namen und Begehr fragte. Ihr lockiges, blondes Haar wurde von einem blauem Kopftuch gebändigt und ihre Hände steckten in langen roten Gummihandschuhen. Die Gartenschere in ihrer Rechten sprach dafür, daß Konrad die Frau bei der Gartenarbeit aufgestöbert hatte. Sie war offensichtlich über sein Kommen informiert, da sie ihn sozusagen auf-gut-Glück mit seinem Namen willkommen hieß und ihn ins Haus mitnahm. Dort bat sie ihn, auf einer düsteren Diele zu warten, sie wolle Bescheid sagen, daß er gekommen sei.

Wenig später öffnete sich die Tür, hinter der sie verschwunden war, wieder und sie bat ihn einzutreten und wies ihm einen Stuhl zum Hinsetzen an. Dann war sie eben so plötzlich wieder verschwunden. Konrad saß verwundert auf dem Stuhl und sah sich verstohlen in dem Zimmer um. Die Wände waren von Bücherschränken, die bis an die Zimmerdecken reichten, bedeckt. Vor dem Fenster stand ein wuchtiger Schreibtisch, ordentlich mit etlichen Papierstapeln bedeckt. Um den Schreibtisch standen malerisch verteilt drei Bürosessel mit sehr hohen Rückenlehnen; Kon-rad nahm an, daß in dem Bürosessel, der vor ihm stand und von dem er nur die Rücklehne von hinten sehen konnte, vermutlich jemand saß, denn passend zu diesem Bürosessel stand eine Porzellantasse auf dem Schreibtisch offensichtlich mit einem dampfenden Getränk. Dem Aroma nach, das in der Luft hing, meinte Konrad, daß es sich um Oolong-Tee handeln könnte.

Doch die besinnliche Ruhe für Konrad endete abrupt; der ominöse Bürosessel vor Konrad, den er schon die ganze Zeit in Ver-dacht hatte, nicht unbesetzt zu sein, schwenkte herum und der Präsident der WWG saß Konrad gegenüber.

Er entsprach Konrads Vorstellungen überhaupt nicht; er hatte einen zierlichen, „durchgeistigten" alten Herrn erwartet. Doch dem entsprach Prof. Arnulf Krause keineswegs. Vor Konrad saß ein massiger, großer Mann, der den Bürosessel völlig ausfüllte. Von der Statur her hätte man sich ihn leicht als Eishockeyspieler vorstellen können. Ein seltsam schütterer blonder Pony verdeckte die breite Stirn eines übergroß erscheinenden Kopfes. Zwei graublaue Augen unter buschigen Augenbrauen sahen Konrad sehr interessiert mit einem kleinen belustigten Unterton an; gleichzeitig durchfuhr Konrad die Empfindung, nach Möglichkeit diesen Präsidenten nie verärgert erleben zu müssen Andererseits fühlte sich Konrad in seiner Gegenwart aus welchen Gründen auch immer zufrieden und wohl. Der Präsident brach als Erster das Schweigen, indem er Konrad eine Tasse Tee in einer Art anbot, die Konrad keine Möglichkeit ließ, sich zu entscheiden. Durch dieses Angebot einer Tasse Tee hatte es der Präsident auch auf geschickte Weise geschafft, daß Konrad mehr in seiner Nähe in vollem Licht saß.

Konrad präsentierte nun dem Präsidenten sein Fundstück, den Krückstock, der nun, da Konrad den präsumptiven Eigentümer meinte, vor sich zu haben, so gar nicht zu dem zu passen schien. Offensichtlich hatte der Präsident Konrads Mienenspiel genau beobachtet, denn erst umspielte nur ein amüsiertes Lächeln seine Lippen, doch dann mußte er – zu Konrads Erstaunen – herzhaft lachen. Als er sich wieder beruhigt hatte, erklärte er Konrad, daß dieser Krückstock das Eigentum seines Vorgängers sei und er ihn bei seinem Amtsantritt sozusagen übernommen habe. Und jetzt mache er sich hin und wieder den Spaß, ihn absichtlich liegen zu lassen, um zu sehen, ob er von jemand gefunden und ihm zurück gebracht werde. „Und das hat ja wieder einmal geklappt! Vielen Dank, Herr Kamphenkel!" setzte der Präsident hinzu.

Konrad war verwirrt und das gleich aus mehreren Gründen: Zum Einen fand er das Gefunden-Werden-Spiel mit dem Krückstock ziemlich skurril und konnte nicht nachvollziehen, was der Präsident damit erreichen wollte; zum Anderen fand er es in gewissem Maß beunruhigend, daß dieser Präsident seinen Namen kannte, obwohl er, Konrad, zuvor noch nie mit ihm zu tun gehabt hatte. Aber es war, als ob der Präsident Konrads Gedanken lesen konnte, denn er erklärte ihm schmunzelnd, daß er das Uni-Sekretariat von seinem „Spielchen" unterrichtet habe, so daß die, wenn sich ein ehrlicher Finder meldete, ihm Bescheid geben können und nach Möglichkeit auch gleich den Namen des Finders. So wüßte er immer schon etwas im voraus über den Finder, denn das „allwissende" Internet gebe ja so Manches preis. So habe seine Recherche über ihn, Konrad Kamphenkel, ergeben, daß er seit Jahren in der pflanzlichen Molekularbiologie erfolgreich tätig zu sein scheine. Und er wäre schon sehr gespannt darauf, was er ihm heute über seine Forschungstätigkeit berichten könne.

Konrad kam aus dem Staunen über diesen Präsidenten gar nicht mehr heraus. Der aber zögerte nicht lange und brachte Konrad zum Berichten über seine eigene Forschungstätigkeit. Auch dabei überraschte der Präsident Konrad mit klugen Zwischenfragen, die bewiesen, daß er nicht nur geflissentlich zuhörte, sondern die Problematik von Konrads Untersuchungen völlig erfassen konnte. So einen zum Mitdenken fähigen, kompetenten Zuhörer hatte sich Konrad schon lange gewünscht.

Aber Prof. Krause wollte noch mehr von Konrad wissen; er verstand es auf geschickte Weise, Konrad über die Forschungsprojekte der einzelnen Arbeitsgruppen an seinem Institut zu befragen und zögerte auch nicht, Konrad nach seiner persönlichen Meinung dazu zu befragen. Konrad fühlte sich so unsicher, wie wenn man von ihm verlangen würde, über brüchiges dünnes Eis zu gehen; wie weit konnte er mit seiner Meinungsäußerung freizügig gehen, ohne sich selbst sozusagen als „Nestbeschmutzer" zu schaden, oder wenn er mit seiner Meinung zu sehr zurück hielt, konnte das zu seinen Ungunsten als mangelhafte wissenschaftliche Kritikfähigkeit ausgelegt werden. So fing Konrad sehr vorsichtig mit den Forschungsvorhaben an, die von Personen des akademischen Mittelbaus betrieben wurden: Die Projektgruppe des Dr. Nellrich mit dem Membranfluß zwischen Endoplasmatischen Reticulum, Golgi-Apparat, Vakuole und Plasmalemma, die Projektgruppe des Dr. Nachtwey mit Untersuchungen zu Tropismen, Apikaler Dominanz und Krümmungsreaktionen, die Arbeitsgruppe von Prof. Staeber mit Untersuchungen der Pflanzenhormone Auxin, Kinetin und Abscesinsäure sowie von Stoffen mit pflanzenhormonaler Wirkung, die Arbeitsgruppe des Prof. Lesser mit Untersuchungen zur Sporulation bei volvocalen Chlorophyceen, die Arbeitsgruppe des Prof. Hansen mit Untersuchungen zum circadianen Rhythmus und zur Synchronisation von

Algenmassenkulturen, die Arbeitsgruppe des Prof. Meissner über seine Untersuchungen zur Lichtabsorbtion im Chloroplasten sowie der Energieübertragung zwischen dessen Photosystemen.Der Präsident hörte Konrad lächelnd zu und schien seine listige Vorgehensweise zu durchschauen. Schließlich hatte Konrad über fast alle wissenschaftlichen Forschungsaktivitäten an seinem Institut berichtet mit Ausnahme der von Dr. Bukowski sowie der von Prof. Waschke. Und genau danach fragte jetzt der Präsident fast ein bißchen gelangweilt.

Konrad hatte natürlich diese unabwendbare Frage erwartet und befürchtet. Jetzt hieß es alles diplomatisches Geschick zusammen zu nehmen. Er fing mit dem weniger komplizierten „Fall" Prof. Waschke an: Konrad sagte gerade heraus, daß er sicherlich nicht über alle Gründe verfüge, um beurteilen zu können, warum die Wahl bei der anstehenden Berufung auf eine C4-Professur der Fachrichtung Botanik-Pflanzenphysiologie auf einen Kandidaten gefallen sei, dessen fachlicher Schwerpunkt im Bereich der Agrarwissenschaften zu finden ist. Im Übrigen könne er sich noch keine Meinung über die geplante Forschung des Prof. Waschke erlauben, weil dieser bislang noch nichts über seine Absichten habe verlauten lassen; Mitarbeiter habe er bislang auch noch nicht requirieren können.

Damit wollte es Konrad eigentlich bewenden lassen und keine weiteren Auskünfte geben. Aber der Präsident ließ nicht nach und wollte nun noch Konrads Meinung über seinen direkten Chef wissen. Konrad räusperte sich und schwieg erstmal längere Zeit bedeutungsvoll. Damit brachte Konrad schließlich den Präsidenten zum Reden, der ziemlich unumwunden konstatierte, daß die Aktivitäten des Dr. Bukowski in Bezug auf Risikoeinschätzung nichts, aber-auch-gar-nichts mit Forschung zu tun haben. Dazu konnte Konrad nur bejahend mit dem Kopf nicken.

Endlich sprach ein Fremder das aus, was Konrad schon immer dachte. Es tat überaus gut, sich verstanden zu fühlen. Konrads Selbstzweifel zerkrümelten wie Asche im Wind.

Der Präsident schenkte Konrad und dann sich selbst Tee nach, lehnte sich im Sessel zurück und fing zu Konrads Überraschung an, über das Streben der Menschen nach Erkenntnis und die Wirkkraft des Wissens zu debattieren, wobei diese Debatte sehr einseitig ausfiel: der Präsident monologisierte meist gedankenschwer und ließ Konrad nur kurze Pausen zum Kommentieren seiner eigenen Gedanken. Das erforderte Konrads ganze Konzentration, immer den richtigen Kommentar zur rechten Zeit parat zu haben.

Aber offensichtlich bestand Konrad dieses intellektuelle Ping-Pong-Spiel mit Bravour, denn nach einer weiteren halben Stunde war der Tee ausgetrunken und der Präsident geruhte, Konrad um einen Vortrag über „Die Freiheit der Wissenschaft" zu bitten; er könne ihn auf der monatlichen Soiree im „Grünen Jäger" halten, zu der immer ein illustrer Kreis von Interessenten unterschiedlicher Fachkreise geladen sei. Damit gab der Präsident Konrad zu verstehen, daß die „Audienz" zu Ende war. Von Konrad fiel die Anspannung der letzten Stunden ab und er verabschiedete sich fast herzlich.

Die blonde Frau, die Konrad vor Stunden eingelassen hatte, geleitete ihn auch wieder zur Tür hinaus. Wieder allein wurde Konrad erst richtig bewußt, wie angespannt er die Audienz überstanden hatte; ihm wurde plötzlich weich in den Knien, da kam ihm die Holzbank an der Hausecke gerade recht. Kaum, daß er sich gesetzt hatte, hörte er das Blut in seinen Ohren rauschen und pochen. Der Druck in den Schläfen stieg schmerzhaft an: Und da kamen auch schon die schnaubenden Rösser angestürmt und Konrad krümmte sich aus Furcht vor dem Überrannt-Werden schmerzhaft zusammen. Seltsamerweise war sich Konrad in dieser Zwangslage bewußt, daß gleich die Katharsis[5] einsetzen müßte und damit die Chance bestand, die blonde Frau im Sommerkleid wiederzusehen. Und tatsächlich wandelten sich die schäumenden Wogen, aus denen heraus die Rösser Konrad zu überrennen drohten, in harmlos wallende Nebel, aus denen heraus Helene auf Konrad zuschritt. Sie ergriff ihn bei der Hand und in demselben Augenblick schritt sie mit ihm durch einen blumenreichen Garten. Sie hatte eine Gießkanne in der anderen Hand und ließ im Vorbeigehen die Wasserdusche über die Blumenbeete niedergehen. Konrad fühlte sich beschwingt und froh. Unter Helenes für-

---

5 Katharsis = bezeichnet die Reinigung von bestimmten Affekten. Zum Beispiel erfährt der Mensch durch das Durchleben von Schrecken die Läuterung seiner Seele von diesem Erregungszustand.

sorglicher Pflege blühten die Rabatten sichtlich auf und ein aromatischer Duft umspielte Konrads Nase. Auf diese Weise gelangten sie beide Hand-in-Hand langsam bis an eine bemooste Kalkbruchsteinwand. Aus unerfindlichen Gründen ließ Konrad Helene los, machte ein paar Schritte auf diese Wand zu, bis er schmerzhaft mit der Stirn gegen diese ruppige Wand stieß. Schlagartig wurde ihm schwarz vor Augen.

Wenig später kam Konrad wieder zu sich. Er nahm seine Umgebung wie durch einen grauen Nebel war. Jemand legte ihm ein kühlendes Tuch auf die Stirn. Erfreut richtete sich Konrad halb auf und sagte: „Danke Helene! Schön, daß Du noch da bist." Eine fremde weibliche Stimme erwiderte: „Irrtum, Herr Kamphenkel; hier gibt es keine Helene."

Bei diesen Worten kehrte Konrad wieder völlig in das Hier und Jetzt zurück. Die Frau, die Konrad bei seiner Ankunft kennengelernt hatte, war halb über ihn gebeugt und kühlte seine Stirn mit einem nassen Tuch. Als sie fürsorglich einen Arzt rufen wollte, lehnte Konrad erschrocken ab und belog die Frau, daß er nur unter einer gelegentlichen Kreislaufschwäche leide und schon allein zurecht komme.

Wie zum Beweis stand Konrad ziemlich abrupt von der Holzbank auf, zupfte sein Hemd zurecht, raffte seine Sachen zusammen und verabschiedete sich von der fremden Frau, die sich so fürsorglich gekümmert hatte, ziemlich unfreundlich und knapp.

4. Die Wirkung der Hormone
oder wissenschaftliche Kooperation

Konrad war keineswegs so weltabgewandt und arbeitsversessen, wie man vielleicht aufgrund der bisherigen Schilderung seines Lebensstils geneigt sein könnte zu vermuten. Nun sollte man nicht voreilig über ihn richten, trug er doch als „Mitglied des akademischen Mittelbaus" das damit verbundene Joch der zeitlich begrenzten Tätigkeit im akademisch/wissenschaftlichen Bereich mit der am Ende des Zeitvertrags von maximal sechs Jahren drohenden Arbeitslosigkeit. Sich unter diesen unsicheren Bedingungen auf Dauer zu binden, wollte Konrad nicht wagen und keiner Frau zumuten.

Umso erstaunter war Konrad immer wieder, wie offiziell einander treue Liierte bei passender Gelegenheit ihren hormonellen Anwandlungen nicht widerstehen konnten. Dem war natürlich die tägliche enge Zusammenarbeit im Büro- wie auch Laborbereich äußerst förderlich; oder wie Konrads sehr lebensnaher Pfarrer behauptete „Zu jedem Deckel findet sich auch immer ein passender Topf!"

Als Paradebeispiel in dieser Hinsicht entpuppte sich Dr. Bukowenski. Aus Frankfurt gebürtig und dort auch verheiratet mit, wie Konrad auf einem Bild auf Bukowskis Schreibtisch gesehen hatte, einer schlanken, blonden langhaarigen Frau mit sympathischer Ausstrahlung. Wie Konrad aus den gelegentlichen Andeutungen entnommen hatte, lebten bei Bukowskis Frau in Frankfurt zwei gemeinsame Söhne. Zu Konrads Verwunderung machte Bukowski keine Anstalten, seine Familie an seinen Arbeitsort nachzuholen; Bukowski fuhr über das Wochenende zu seiner Familie in Frankfurt. Allerdings erfolgten diese Besuchsfahrten im Laufe der Zeit in immer größeren Abständen. Dann bemerkte Konrad, daß Bukowski morgens nie mehr vor neun Uhr im Institut erschien und meistens eine starke Alkoholfahne hatte. Und dann verschwand auch noch das Bild seiner Ehefrau von seinem Schreibtisch. Dieser allmähliche Wandel entging natürlich keinem seiner Mitarbeiter und insbesondere keiner seiner Mitarbeiterinnen. Die Krönung war dann, daß Bukowski eine Neubesetzung seines Vorzimmers verkündete und dafür eine attraktive Griechin mit prächtigem schwarzen Lockenkopf präsentierte. Bald stellte sich heraus, daß diese Ailetta leider sämtliche Zeugnisse verloren habe. Bukowski setzte sich aber erfolgreich für sie ein, so daß sich dann trotzdem ein Weg fand, sie fest einzustellen. Konrad verstand die Welt nicht mehr; sonst wurde so viel Wert auf Ausbildung und Qualifizierung gelegt und hier wurde eine Person protegiert und auf einen Posten gesetzt, für den sie keinerlei Befähigung besaß. Für Konrad und auch das übrige Personal sprach viel dafür, daß diese Ailetta über andere Fähigkeiten verfügen mußte, die ihnen bislang verborgen geblieben waren.

Nach Konrads Meinung mußte diese Ailetta ursprünglich aus dem Gaststättengewerbe kommen. Wenn sie vor ihm auf dem Flur ging, setzte sie zwanghaft die Füße wie auf einer Linie einen vor den anderen. Zum Teil war diese schnürende Gangart auch ihren knallengen Jeans geschuldet, die ein normales Ausschreiten nicht zuließen: sie mußte bei jedem Schritt die jeweilige Hüfte nach vorne schieben. Es war keineswegs so, daß dieses Frauenzimmer ihren Gang mit schwingenden Hüften zu unterdrücken suchte. Ganz im Gegenteil betonte sie gelegentlich noch dadurch, daß sie mit angewinkelten Unterarmen dahinschritt, was bei Konrad die Assoziation geweckt hatte, sie würde mit beiden Händen Tabletts mit Gläsern zu irgendwelchen imaginären Tischen tragen. Wenn sich Konrad bei solchen Überlegungen ertappte, war er über sich selbst empört: diese Frau war es nicht wert, sich auch nur gedanklich mit ihr zu befassen. Er hatte es ein paar Mal erlebt, wie ordinär sie werden konnte, wenn sie in Rage geriet. So führte es stets und ständig zu einer unbändigen Schimpfkanonade von ihr, wenn sie Bukowskis handschriftlichen Aufzeichnungen in einen ordentlichen Geschäftsbrief umsetzen sollte; „Das kann wieder kein Schwein lesen! Das ist grottenschlecht, der spinnt doch, der Alte!" Solche Tiraden waren noch die der harmloseren Art. Und Dr. Bukowski, der sonst bei jeder Kleinigkeit mächtig aufbrausen konnte, lächelte nur.

Aber es gab auch ähnliche Fälle von kürzerer Dauer; und das bei Personen am Institut, denen Konrad solche Hormongesteuerten Verhaltensweisen nicht zugetraut hätte. Der Vollständigkeit halber will ich Euch nicht unterschlagen, daß auch Konrad derartigen „Annäherungsversuchen" eigentlich erliegen sollte: Eine junge Frau, gebürtig aus dem Rheinland (!), war technische Assestentin bei Dr. Bukowski und mußte gelegentlich für ihn Diapositive von Diagrammen und elektronenmikroskopischen Aufnahmen aus wissenschaftlichen Publikationen herstellen. Dazu mußten diese in einer Dunkelkammer abphotographiert werden. Der Photoapparat war senkrecht über einem weiß-beschichteten Tisch montiert, auf dem die abzuphotographierenden Unterlagen plan gehalten werde mußten. Die TA[6] mußte zum Photographieren eine kurze Leiter hinaufsteigen, um von oben durchs Okular das Objekt scharf einzustellen. Es bedurfte also einer gewissen Absprache zwischen ihr, die mit ihrem Oberkörper leicht nach vorn übergebeugt über dem Tisch stand, und der zweiten Person, die sozusagen halb unter ihr die zu photographierende Unterlagen fachgerecht zu positionieren hatte. Es war also für ganze Prozedur förderlich, wenn diese zweite Person über Sachverstand verfügte. Außerdem sollte man bedenken, daß das Ganze in kurzer zeitlicher Frequenz bei Licht bzw. im Dunkeln stattfand.

Sigrid, so hieß die TA aus dem Rheinland, hatte es im letzten Monat verstanden, Konrad für den „Job des Festhaltens" zu gewinnen. Hilfsbereit, wie Konrad von Natur aus war, war er darauf eingegangen, sah er doch auf diese Weise auch, mit was sich Bukowski jeweils gerade beschäftigte. Aber auch diese Sigrid schien, das unterstelle ich ihr, nicht ohne Absicht ihren eigenen „Schlachtplan" zu verfolgen.

---

6   TA = technische Assistentin

Es war in den letzten Wochen sehr warm geworden, gegen Nachmittag geradezu schwül. Das war für Sigrid Anlaß genug, mehr und mehr ihre Bekleidung zu reduzieren; schließlich tauchte sie morgens in knappen Shorts und Bikini-Oberteil auf: für Arbeiten im Labor zumindest ungewöhnlich, wenn nicht gar extravagant. Mit dieser spärlichen Oberbekleidung bat sie Konrad um die gewohnte Hilfe in der Dunkelkammer. Konrad hatte sich im Laufe der Jahre einen gewissen Gleichmut angewöhnt; nach außen hin schien ihn nichts aus der Fassung bringen zu können; das hieß aber nicht, daß er in solchen Fällen innerlich nicht geradezu in Alarmstimmung geriet.

In Kenntnis dieser divergierenden Grundeinstellungen der Beiden sehen wir nun, wie sie gemeinsam in die Dunkelkammer gehen. Die Prozedur lief ab, wie eben schon beschrieben; allerdings mit dem Unterschied, daß diesmal zwei uns bekannte Menschen mit ihren ganz eigenen Gefühlen und Lebensansichten in eine – sagen wir einmal – Entscheidung fordernde Situation geraten waren. Si-grid war sich ihrer Wirkung auf den Dr. Kamphenkel sicher und wartete ab, wie er sich anstellen würde. Konrad fühlte sich durch-aus animiert von dieser schönen Sigrid hier allein in der Dunkelkammer, aber gleichzeitig regte sich in ihm eine Art Verantwortungsbewußtsein und auch eine Regung zur Vorsicht. Als Mann aus Fleisch und Blut fühlte sich Konrad natürlich zu dieser Sigrid hingezogen, aber da dies nur eine augenblickliche, animalische Regung sein konnte, empfand er sich als unehrlich bei dieser augenblicklichen Triebregung ohne innere Bindung, tat rein äußerlich unberührt und funktionierte – wie von ihm gewünscht – bei den Aufnahmen für die bestellten Diapositive. Der Abgang der Beiden aus der Dunkelkammer war dementsprechend unspetakulär.

Gegenbeispiele, wozu wissenschaftliche Kooperation durchaus führen kann, will ich Euch der Vollständigkeit nicht schuldig bleiben. Allerdings schien Konrad dafür immun zu sein.

Doch man sollte an sich alternde Männer nicht unterschätzen. Der aus der aktiven Forschungstätigkeit bereits ausgeschiedene Zellbiologe Prof. Wilfred Braxen, der sich in den letzten Jahren eigentlich nur noch um Büroangelegenheiten und Repräsentation gekümmert hatte, versetzte seine Mitarbeiter in Erstaunen, als ihr Chef eines Tages im weißen Kittel im Labor erschien. Noch an demselben Tag lernten fast Alle den Grund von Prof. Braxens wundersamen Wandlung kennen. Es war Gesine, die tags zuvor mit ihrer Mutter angekommen war. Gesine war Assistentin an einer süddeutschen Universität und stand vor experimentellen Schwierigkeiten bei ihrem DFG[7]-Projekt. Wenn es ihr nicht bald gelingen würde, den „Durchbruch" zu schaffen, stand ihr Projekt und damit ihre weitere Karriere ernstlich in Gefahr. In dieser Notlage hatte sie Hilfe gesucht und von Prof. Braxen zugesagt bekommen. Und nun war sie da!

---

7   DFG = Deutsche Forschungsgemeinschaft

Schnell wurde es den Mitarbeitern von Prof. Braxen klar, daß ihr Chef sich in seinem „zweiten" (oder „dritten"?) Frühling befand, denn die Welt schien für ihn nur noch aus Gesine zu bestehen. Es ist verständlich," daß das Miteinander der Beiden unter verstohlener Beobachtung stand und manchmal mit viel Phantasie kommentiert wnrde. Tatsächlich auffällig war nur, daß die Beiden extrem viel Zeit im abgedunkelten Raum des Elektronenmikroskops verbrachten, wo sie bei den laufenden Untersuchungen auch niemand stören durfte. Mit ihren gemeinsamen Untersuchungen schienen sie gut voran zu kommen, denn wenn sie aus ihrer „Exklave" wieder auftauchten, waren sie äußerst guter Laune und unterhielten sich angeregt. Und dagegen hatte doch niemand etwas einzuwenden! Es fiel nur auf, daß die Ehefrau von Prof. Braxen während dem Forschungsaufenthalt dieser Gesine bei ihrem Mann
äußerst schlecht gelaunt war und viel häufiger im Institut erschien als es sonst ihre Gewohnheit war. Konrad hatte kein Verständnis für die Eskapaden des Kollegen Braxen und wunderte sich immer wieder darüber, wie seine Mitmenschen leichtfertig ihre sichere Lebensposition in Gefahr bringen und viel Leid auslösen konnten.
Für Konrad grenzte das Verhalten des Kollegen Braxen an Harakiri.

Es gab natürlich auch die „gewöhnlichen Seitensprünge" am Institut, etwa in Analogie zum „Gelegenheit macht Diebe". Ein Paradebeispiel in dieser Hinsicht war aus Konrads

Sicht das zeitlich begrenzte „Scharmützel" zwischen Gunilla und Allessandro. Beide waren fast zeitgleich als Gastforscher am Institut tätig und allein schon dadurch für Konrad von gemindertem Interesse. Gunilla war die typische blonde Schwedin mit entsprechendem Selbstbewußtsein und der schwarz-gelockte Alessandro aus Süditalien mit dem entsprechendem „feurig-schmeichelnden" Temperament; beide waren in ihrer Heimat fest liiert, was aber – den Eindruck hatte jedenfalls Konrad – dem innigem Interesse aneinander keinen Abbruch tat. Im Gegensatz zu seinen Kollegen und vor allem Kolleginnen am Institut war das amouröse Treiben der Beiden für Konrad von keinem Interesse.

5. Ein Triumvirat übernimmt die Führung

Am 1. April wurde vieles im Institut anders; wenige Tage zuvor hatte sich der langjährige akademische Direktor Dr. Knut mit Erreichen seines Pensionsalters in einer feucht-fröhlichen Grill-Party vom Institut und seinen Bediensteten verabschiedet. Natürlich hatten nur die daran teilgenommen, die „nichts Wichtigeres" zu tun hatten. Etlichen Technischen Assistentinnen und Angehörigen des wissenschaftlichen Mittelbaus war unmissverständlich nahegelegt worden, daß ihre Teilnahme an dieser Abschiedsparty nur von geringer Wichtigkeit sei und deshalb eine halbe Stunde nach Möglichkeit nicht überschreiten sollte.

Prof. Waschke nutzte den Abgang von Dr. Knut, um die Leitung des Instituts in seinem Sinne effektiver zu gestalten; er stellte am 15. April einen Experten für Betriebswirtschaft aus Bayern ein und war darauf sehr stolz; die „Alteingesessenen" des Instituts waren von dieser Neuerung mehr als verblüfft, waren aber dann doch durch die Art und Weise, wie der Neue, ein Dr. Neurath, sich im täglichen Umgang im Institut gebärdete, sehr von ihm angetan. Er sah sich in den einzelnen Arbeitsgruppen um, fragte nach den Sorgen und Änderungswünschen der Mitarbeiter und begann, auf dem Ergebnis dieser Befragungen aufbauend an einem Effizienzkatalog für das Institut zu arbeiten. Alle waren gespannt auf diesen Effizienzkatalog, waren aber um so mehr frustriert, als ihnen mitgeteilt wurde, daß Dr. Knut zu der Überzeugung gelangt sei, daß seine weiteren Arbeitsaktivitäten nicht mehr zu einer Erhöhung seiner Versorgungsbezüge beitragen würden, und er sich deshalb fristlos in die Pension verabschiedet hatte.

Prof. Waschke ließ sich nicht entmutigen und legte nach: er berief Herrn Prof. Kurzmann, von der Fachhochschule Darmstadt, als Forschungsbeauftragten und eine Frau Müttner – Juristin - als seine persönliche Referentin. Die vormalige, sehr umsichtige und talentierte Sekretärin des Leitungsbüros degradierte Waschke zur Leiterin der Poststeller. Prof. Waschke indes war mit den Folgen seiner Personalentscheidungen keineswegs zufrieden, lief es doch in seinem Vorzimmer von nun an so chaotisch, dass Prof. Waschke sich nicht enthalten konnte, aus Frust ein dickleibiges Abrechnungsbuch voller Wut zu ergreifen und es an die gegenüberliegende Wand oberhalb der metallenen Karteikästen zu werfen. Es war ein mehrtägiges Institutsgespräch, wie die Mitarbeiter der Institutswerkstatt dazu aufgefordert werden mußten, besagtes Abrechnungsbuch wieder ans Tageslicht zu befördern, was nur durch Abrücken der Karteikästen von der Wand gelang. Wie sich erst allmählich herausstellen sollte, kümmerte sich die neue Sekretärin, Alexa Axopoulos, nicht nur um die Belange des Institutes, sondern auch die ihre neuen Chefs. Aus dieser Verquickung beruflicher und privater Angelegenheiten war bald allen Institutsangehörigen klar, dass Frau Axopoulos ungewöhnlich viel Freiraum als Sekretärin eines Universitätsinstituts beanspruchte – und ihr dieser auch von der Leitung zugestanden wurde.

Waren diese Neuigkeiten, die aus dem Leitungsbüro per „Buschfunk" über die Flure zu den Angehörigen der verschiedenen Arbeitsgruppen gelangten nur mehr oder weniger von anekdotischem Charakter, so braute sich aus der Zusammenarbeit von Waschke, Kurzmann und Müttner – dem Triumvirat, wie es intern bald hieß – Unheil weit bedeutenderer Art zusammen. Konrad wollte es wieder einmal nicht wahrhaben, bis er davon zum ersten Mal erfuhr, war es doch für ihn fern jeder wissenschaftlichen Denkweise und Ethik, was da von ihnen durch die Institutsleitung verlangt wurde: Zum einen sollte jeder wissenschaftlicher Projektleiter der Institutsleitung offenlegen, wie hoch und für welchen Zeitraum die finanziellen Zuwendungen für ihn von welchen forschungsfördernden Institutionen (also die sogenannten Drittmittel) seien; zum anderen sollten alle am Institut in den Arbeitsgruppen erfolgreich etablierten Arbeitsmethoden nach einem einheitlichen Schema beschrieben und normiert werden. Beide Ansinnen lösten einen Sturm der Entrüstung unter den Wissenschaftlern des Institutes aus; aus Konrads Sicht wurde leider sehr vordergründig dagegen argumentiert („keine Zeit für diese unnötige Mehrarbeit") und nur wenige verwiesen darauf, ihre Rechte im Rahmen der Freiheit der Wissenschaft nicht geschmälert sehen zu wollen. Aus den täglichen gelegentlichen Gesprächen mit Kollegen des Institutes wurde es Konrad ziemlich schnell klar, dass über kurz oder lang das „Triumvirat" mit seinen Forderungen Erfolg haben werde; der lieben Ruhe halber waren bald die meisten von Konrads Kolleginnen und Kollegen bereit, auf die Forderungen der Leitungsebene einzugehen, Konrad indes nicht. Zunehmend renitent wurde er, als die neue Juristin Müttner damit begann, Aktivitäten zu entfalten, die aus seiner Sicht weder logisch noch effektivitätsfördernd im Sinne der Verfahrensabläufe im Institut waren. Zum Beispiel verlangte sie von ihm, ein Programm im Internet zu evaluieren, das Auskunft über die Effizienz von bereitgestellten finanziellen Mitteln für Forschungsprojekte der Öffentlichen Hand in Bezug auf beteiligtes Fachpersonal und eingesetzte Verbrauchsmaterialien geben sollte; Konrad sah überhaupt nicht ein, warum er an diesem Schwachsinn Arbeitszeit vergeuden sollte. Die Müttner ließ jedoch nicht locker und mahnte Konrad immer wieder und immer eindringlicher – mit allen Druckmitteln, die der verwaltungstechnische Ablauf zur Verfügung stellte -, ihr endlich seine Evaluierung des Programms zuzusenden. Konrad fiel es sehr schwer, der Aufforderung der Müttner nun doch folgen zu müssen, wählte aber einen „diplomatischen" Weg, um ihr Ansinnen an ihn zu stillen und ad absurdum zu führen. Konrad trug für ein fiktives Forschungsprojekt durchaus realistische Zahlen für das finanzielle Förderungsvolumen über fünf Jahre und den dafür einzusetzenden Wissenschaftler mit der angemessenen Gehaltsgruppe ein und war sehr erfreut, als ihm das Programm ausrechnete, dass der beteiligte Wissenschaftler etwa 150 Jahre an dem Projekt arbeiten müsse. Mit dem Vermerk, dass seiner Ansicht nach das Programm überarbeitet werden müsse, sandte Konrad sein Ergebnis der Müttner zu und erhielt nie wieder eine Anfrage.

Mit den Aktivitäten des Prof. Kurzmann war es für Konrad schwieriger umzugehen. Kurzmanns Forderung nach Normierung der am Institut etablierten Methoden und der damit verbundenen Transparenz für die wissenschaftliche Gemeinschaft war in sich schlüssig, stimmte aber nicht mit dem gesetzlich verbrieften Anspruch auf geistiges Eigentum im wissenschaftlichen Bereich überein: jedem muss in der Wissenschaft einwandfrei dargelegt werden, mit Hilfe welcher nachvollziehbarer Methoden der Versuchsbeschreiber zu den publizierten Daten gelangt ist, aber es ist doch vollständig abstrus, das derzeit angewandte Methodenpotential in einem deutschen Forschungsinstitut weltweit der Konkurrenz bekannt zu geben und sich damit selbst zu gefährden.

Konrad widersetzte sich Kurzmanns Ansinnen vehement, konnte aber nicht vermeiden, dass einige seiner Mitarbeiterinnen „die Gunst der Stunde zu nutzen suchten", und in Anbetracht einer möglichen Daueranstellung am Institut entsprechende normierte Methodenverfahren Herrn Kurzmann zukommen ließen. Konrad hatte dafür sogar Verständnis, kommentierte es aber nicht.

Als Herr Kurzmann aber nicht lockerließ und sich bei Konrad zu einem Gespräch anmelden ließ, was schon alleine in dieser Form bei Konrad Widerwillen erregte, traf er doch den Kollegen Kurzmann fast jeden Tag auf dem Institutsgelände und hatte dieser nicht ausreichend Gelegenheit, ihn anzusprechen, stand das anstehende Gespräch schon von vornherein unter ungünstigen Prämissen, um es vorsichtig auszudrücken.

Das eigentliche Treffen zwischen Kurzmann und Konrad ließ sich zunächst eigentlich ganz harmonisch an. Als Forschungskoordinator des Institutes hatte Kurzmann Unterlagen über die aktuelle Förderung wissenschaftlicher Projekte in der Bundesrepublik mitgebracht, die Konrad zwar schon kannte, die er sich aber dennoch von Kurzmann in allen Einzelheiten erläutern ließ, um die Bereitschaft zur Kooperation zu zeigen. Aber insgeheim wartete Konrad nur darauf, wann Kurzmann auf sein Hauptanliegen der Methoden-Transparenz umschalten würde. Und da hatte sich Konrad vorgenommen, „keinen Zoll zu weichen"; was hatte dieser Kollege von einer Fachhochschule bloß für eine Ahnung von Freiheit der Wissenschaft und ihrer Umsetzung; was machten die da eigentlich in ihrer uneingeschränkten Praxisnähe?

Prof. Kurzmann hatte also äußerst schlechte Aussichten auf Erfolg und Verständnis von Seiten Konrads, als er Konrad seinen Plan plausibel machen wollte, die am Institut in dem diversen Arbeitsgruppen bereits etablierten Methoden in einem zentralen Register elektronisch zusammenzufassen und im Internet der Öffentlichkeit zu präsentieren. Konrad war zunächst einfach sprachlos vor dieser Negation jeglicher Vorsicht bei wissenschaftlichen Publikationen und der Konkurrenz auf internationaler Ebene. Konnte dieser Kurzmann vor ihm denn so naiv sein, nicht ermessen zu können, welche Gefahren damit verbunden waren, allen Wissenschaftlern weltweit vorab mitzuteilen, welche Methoden sie in ihrem Institut beherrschten? Aber Kurzmann ließ nicht locker und beharrte auf seinem Ansinnen, dieses Methodenregister des Instituts zusammenstellen und veröffentlichen zu wollen. Schließlich konnte Konrad nicht umhin, die „Notbremse" zu ziehen, indem er Prof. Kurzmann wissen ließ, dass ihm – Konrad - nur fünf Publikationen des Herrn Prof. Kurzmann bislang bekannt seien, was Kurzmann – nach einem trockenen Räuspern – schließlich einräumen musste. Es ist selbstverständlich, dass dieser Besuch von Prof. Kurzmann bei Konrad nicht dazu beigetragen hatte, dass Verhältnis der Leitungsebene zur Konrads Arbeitsgruppe zu beflügeln.

Hinzu kam außerdem, dass die neu „installierte" Juristin Müllner sich selbstverständlich auch in ihrem Elan „deutlich machen" und diverse neue Verfahrensweisen am Institut einführen wollte. Diese Aktivitäten des Triumvirats verdarben Konrad immer mehr seine Freude an der Forschungs- und Lehrtätigkeit am Institut. Immer, wenn er mit einem der Drei im Laufe der täglichen Geschäftsabläufe notwendigerweise zu tun bekam, fürchtete er, in deren Gegenwart wieder einen seiner seltsamen Anfälle zu kriegen, obwohl er wohl dann auch Helene wieder sehen würde. Die gedankliche Fixierung auf das, was auch hätte sein können, überschattete Konrad zunehmend das, was tatsächlich war: Groll und Wahn gingen in Konrad eine gefährliche Allianz ein und verstellten ihm den Weg zu diplomatische Alternativen. Und dies sollte für Konrad noch fatale Folgen haben, die sein ganzes Leben auf den Kopf stellten.

6. Eine Weihnachtsfeier
mit zweifelhaften Folgen

Feiern in der Abteilung waren für Konrad *per se* problematisch. Grundsätzlich sah Konrad seine Kolleginnen und Kollegen nur als Mitarbeiter ohne emotionale Bindungen an die Arbeitsgruppe; es war für Konrad selbstverständlich, sich für die Belange seiner Kolleginnen und Kollegen einzusetzen, aber sie waren schließlich alle in diese Arbeitsgruppe gekommen bzw. aufgenommen worden, weil jeder einzelne von ihnen - von den eigenen Interessen und Absichten geleitet – die Tätigkeit in dieser Arbeitsgruppe benötigte, sei es, um als TA oder Wissenschaftler Geld zu verdienen, oder sei es, um als angehender Hochschulabsolvent hier die Abschlussarbeit mit den dafür notwendigen Laborversuchen zu erstellen. Konrad konnte sich einfach nicht damit einverstanden erklären, wenn von einer alle verbindenden Gruppendynamik oder gar von „wir sind doch wie eine große Familie" gesprochen wurde; für ihn war klar, dass doch niemand seinen Kolleginnen und Kollegen aufgrund irgendeiner persönlichen Bindung in diese Arbeitsgruppe gewollt hatte; er hatte nicht vergessen, wie er selbst anfangs seines vormaligen Studiums als Mitbewohner in einem Studentenwohnheim von amerikanischen Austauschstudenten viel über „Good Feeling" und „Common Sense" erzählt bekommen hatte, aber drei Monate später miterleben musste, wie dieselbe scheinbar so harmonische Gruppe sich erbitterte

Redeschlachten vor dem Bürgermeister und dem Beirat des Studentenwohnheims lieferten.

Diesmal hatte er – zum Erstaunen der Meisten der Arbeitsgruppe – zugesagt, zur gemeinsamen Weihnachtsfeier zu kommen; sein persönlicher Grund war, dass er sich verpflichtet fühlte, seine TA[8], die erst seit drei Monaten bei ihm arbeitete und „vom Lande kam", vor den möglicherweise „losen Reden" einiger männlicher Doktoranden der Arbeitsgruppe verbal zu schützen, wozu Konrad sie zu fortgeschrittener Stunde durchaus für fähig hielt.

Als Konrad gegen Abend in dem Praktikumsgebäude eintraf, waren die Vorbereitungen zur Weihnachtsfeier der Abteilung schon voll im Gange; die TAs waren beim Eindecken des Tisches im Sozialraum und dem Anbringen weihnachtlicher Lichterketten, während sich ein Assistent – mit eingebildeter Kocherfahrung – mit Hilfe von drei Doktoranden dabei war, ein Drei-Gänge-Menü im Autoklav zu garen. Die etwas überalterte, indes keineswegs lebensabstinente Doktorandin der Abteilung hatte es übernommen, den Glühwein für die Weihnachtsfeier zuzubereiten, und war gerade dabei, das Übermaß an Nelken wieder aus dem Kochtopf zu entfernen. Mit anderen Worten, es war so wie alle Jahre wieder.

Zu Beginn der Weihnachtsfeier war ein Julklapp angesetzt; seine Organisation hatte Konrad übernommen – auch aus

---

8   TA = technischer Assistent oder wissenschaftliche Assistentin

dem Gedanken heraus, etwas unauffällig „steuernd in die angebliche Zufallsverteilung" der ausgewählten Jul-klapp-Präsente, das Wichteln, eingreifen zu können; so bewirkte er, dass seine TA ein Taschenbuch – verpackt in einer flachen Zigarrenkiste – in Händen hielt, die die Ergüsse des „Schlesischen Schwans" enthielten. Bei diesem „Schlesischen Schwan" handelt es sich um Friederike Kempner, die aus einer reichen jüdischen Familie stammend – ihr Vater war Joachim Kempner, ihre Mutter Marie Aschkenasy – nach ihrer Kindheit in Opatow (in der damaligen preußischen Provinz Posen) mit ihren vier Geschwistern auf einem Rittergut in Droschkau (Schlesien) lebte, das ihr Vater 1844 erworben hatte.. Die Schriftstellerin blieb zeitlebens unverheiratet. Ihre in dem Taschenbuch wiedergebenenen Gedichte waren naiv und freizügig zugleich, was bei der Verlesung auf der Weihnachtsfeier zu allgemeiner Erheiterung beitrug (z.B. „Oh puste mich mein Geliebter!"). Für Konrad selbst war dieser Julklapp weniger originell: von einer Doktorandin der Abteilung bekam er einen grünen Bügel und sein eigenes Geschenk – eine Miniflasche mit schottischem Whisky - an einen Wissenschaftler, der sich mit der zeitlichen Steuerung der Sporulation von einzelligen Algen intensiv beschäftigte, wurde von diesem überhaupt nicht als – zumindest – Scherz verstanden.

Aber im Ganzen gesehen war es eine erstaunlich harmonische Weihnachtsfeier mit so vielen widersetzlichen, berauschten Charakteren. Es war ganz normal, daß je später der Abend und je tiefer der Pegel des Glühweins in der gro-ßen Glasterrine desto lauter war das Gelächter über die – mit Verlaub – immer „dünner" werdenden Scherze und Bon-mots. Aber Alle schienen mit sich zufrieden zu sein.

Irgendwann siegte der Rest an Vernunft und man meinte, daß „es nun genug sei!" Je nach persönlicher Verfassung verließ man zum Teil singend oder auch bei jedem Schritt etwas „einsinkend" das Praktikumsgebäude.

Konrad war einer der Letzten, die das Gebäude leicht schwankend verließen. Er war durchaus noch fähig, das Gittertor hinter sich abzuschließen, als er endlich die Weih-nachtsfeier nach reichlichem Glühwein-Genuß verließ. Im Schneetreiben beugten sich die kahlen Hecken der Villen an der Gauss-Straße geradezu anheimelnd über die Zäune et-waigen Fußgängern entgegen.

Konrad verstaute sein Schlüsselbund in der linken Hosenta-sche und startete dann seinen Heimweg die Gauss-Straße hinan; seine rechte Hand, mit der er sich eben noch an der Eisentür des Gittertors festgehalten hatte, begann augen-blicklich vor Kälte so zu schmerzen, daß Konrad mit einem mulmigen Unwohlsein in der Magengrube fast in die Knie gezwungen wurde, hätte er sich dagegen nicht manisch auf-gerafft, seine nahegelegene Wohnung am Ende der Sie-mensstraße endlich erreichen zu wollen.

Das Schneetreiben wurde jetzt heftiger; Konrad ging schwankend die Gauss-Straße hinauf und musste sich immer wieder die Schneeflocken aus dem Gesicht wischen. Am Abzweig zur Birkenstraße wurde das Schneetreiben so heftig, dass Konrad nicht mehr die Hand vor Augen sehen konnte. Er stützte sich an einem der Birken am Straßenrand ab und versuchte sich in dem scheinbar undurchdringlichen Schneegestöber zu orientieren.

Plötzlich lichtete sich vor Konrad das Umfeld auf der Birkenstraße und seine Helene stand seltsamerweise trotz der frostigen Temperatur in ihrem leichten geblümten Sommerkleid vor ihm und forderte ihn sehr gestenreich zur tätigen Hilfe auf. Als er schließlich neben ihr stand, hauchte sie ihm zu, ob er wohl ihr helfen wolle, ein schweres Gährungsgefäß mit Rotwein in den zweiten Stock ihres Hauses zu tragen. Helene schritt ihm burschikos voran bis hinauf in die zweite Etage des Hauses: Konrad hatte das voluminöse Glasgefäß an beiden seitlichen Griffen gepackt und wuchtete es nun – auf seinem rechten Oberschenkeln abgestützt – Schritt für Schritt auf einer Wendeltreppe Helene folgend hinauf; Konrad konnte nicht umhin, davon angetan zu sein, wie Helene ihre Hüften und ihren wohl proportionierten Po, der sich unter dem leichten Sommerkleid mit aller Deutlichkeit abzeichnete, im Emporsteigen auf der Treppe direkt vor seinem Gesicht sehr effektvoll hin und her zu schwingen wusste; obwohl eine rechte Finsternis im Hause herrschte, meinte er wahrzunehmen, dass auf den Kehren der Wendeltreppe zahlreiche Flaschen – wahrscheinlich leer da ohne Korken oder Drehverschluss – an der Wand deponiert waren. Schließlich gelangten sie in einen Raum, der bis auf ein Bett nichts weiter enthielt; dieses Bett war – im Gegensatz zu der Verwahrlosung im übrigen Haus – mit weißer Bettwäsche bezogen, die im von außen durch die drei Fenster einsickernden Licht der Schneeflächen eigenartig leicht bläulich zu glühen schien. Seltsamerweise war Konrad überhaupt nicht erstaunt über dieses Bett und noch viel weniger, dass diese Helene ihn hierher geführt – oder sollte er sagen, gelockt – hatte; er jedenfalls fühlte sich irgendwie „geehrt", hier sein zu dürfen, und rechnete es Helene hoch an, endlich mit ihm Kontakt aufgenommen zu haben.

Helene ließ Konrad mit einer lässigen Geste ihrer linken Hand den Gärballon in einer Ecke des Zimmers absetzen und machte ihm verständlich, sich – zur Erholung oder was auch immer – auf dem Bett auszuruhen; sie würde sich in der Zwischenzeit erst einmal „frisch machen". Das ließ sich Konrad nicht zweimal sagen; die Feuerzangenbowle der Weihnachtsfeier raffte ihn augenblicklich dahin, als er rücklings auf das Bett sank. Gleichsam wie ferngesteuert begann er sich auszuziehen und war sich dessen keineswegs bewußt. Die Kleidungsstücke ließ er achtlos neben das Bett fallen. Schließlich legte er sich splitternackt rücklings auf das Bett. Das diffuse bläuliche Licht, das von außen durch die Fenster drang, verwirrte ihn mehr in seinem umnebelten Sinn, als daß ihm klar wurde, wie es um ihn stand. So fand er es auch in keiner Weise ungewöhnlich, als sich Helene plötzlich von links in diesem bläulichen Licht seinem Bett näherte. Sie war nackt und ging in zögerlichen Schritten – wie ein Mannequin Fuß vor Fuß setzend – auf ihn zu. Ihre großen Brüste und das schwarze Dreieck ihres Schamhaars blieben nicht ohne Wirkung auf Konrad; am meisten angetan war er von ihren langen Beinen. Als Helene an seinem Bett angekommen war, verharrte sie noch einen kurzen Augenblick, wo er sie von unten her in dem bläulichen Halblicht mustern konnte, und setzte sich dann zu ihm aufs Bett. Konrad richtete sich halb auf und bemühte sich um Helene, wobei er sich sicher war, dabei gewißlich ungeschickt zu sein, aber in einem gewissen Rahmen nicht unschicklich zu sein.

„Siehe, meine Freundin, du bist schön! Siehe, schön bist du! Deine Augen sind wie Taubenaugen zwischen deinen Zöpfen. Deine zwei Brüste sind wie zwei junge Rehzwillinge, die unter den Rosen weiden."[9]

Als Helene schließlich Hand anlegte, versank Konrad in einem Wirbelsturm der Gefühle.

***

Am nächsten Morgen erwachte Konrad – für ihn heute Morgen unverhofft aber eigentlich wie gewohnt - in seinem Bett unter der undichten Dachluke; nur allmählich konnte er sich an die Weihnachtsfeier des vergangenen Abends im Institut erinnern und war sich gar nicht mehr so sicher über die

---

9   Aus dem Hohelied Salömos

Begebenheit mit Helene in dem Abbruchhaus in der Birkenstraße; das mußte er doch eher in seinem Alkoholsuff geträumt haben. Mühselig schälte er sich aus seinen Bettlaken und tapste in das Wohnzimmer, wo wenigstens die Heizung bereits angesprungen war. Sich am Bauch kratzend schaute er im Nachthemd zum Fenster hinaus und wurde sich darin einig, daß er auf dem Weg zum Institut auch an dem besagten Abbruchhaus in der besagten Birkenstraße vorbeigehen könne; schließlich war in der vergangenen Nacht Schnee gefallen und waren somit auch etwaige Besucher dieses Hauses aufgrund ihrer Fußspuren dingfest zu machen. Nach dieser Gedankenkette fühlte sich Konrad in seiner augenblicklichen Befindlichkeit insofern bestätigt, dass er sich waschen und rasieren konnte, ohne in dramatische Überlegungen über die Geschehnisse der letzten Nacht zu verfallen.

Dennoch war Konrad nach einem ausgiebigen Frühstück – mit Rührei und Speck – keineswegs davon überzeugt, was in der vergangenen Nacht Wahn oder Wirklichkeit gewesen war. Schließlich musste er gehen. Als er in die Birkenstraße einbog und der Abbruchimmobilie sah, wurde er sehr sentimental: sollte er die vermeintlichen Ereignisse der vergangenen Nacht einfach verneinen oder waren sie für ihn emotional unheimlich hoch besetzt. Das Gelände der Abbruchimmobilie sollte ihm auch nicht aus seinem Dilemma helfen: es führte nur eine Fußspur in das Haus hinein und die gleiche wieder hinaus; und beide waren identisch mit dem Abdruck seines eigenen Sohlenprofils. Warum hatte Helene keine Spuren im Schnee hinterlassen?

Konrad ging die wenigen Stufen zur Eingangstür der verfallenen Villa hinauf und zwängte sich durch die Lücke zwischen den lose herabhängenden paar Latten, die den Zugang ins Haus ehemals verhindert sollten, ins Treppenhaus. Im Obergeschoss fand er tatsächlich das erinnerte, reinlich weiß bezogene Bett in einem Umfeld chaotischer Wirrnis; es hätte Konrad nicht verwundert, wenn es hier Ratten gegeben hätte. Wie konnte seine Helene in diesem Umfeld leben? Oder gab es sie eigentlich nur in seinen Wahnideen; schließlich fehlten ihre Fußspuren im Schnee, wenn sie tatsächlich mit ihm dieses heruntergekommene Haus in der letzten Nacht zumindest mit ihm gemeinsam betreten haben sollte. Konrad erinnerte sich daran, dass Helene links von ihm gehend die wenigen Schritte durch den verwahrlosten Vorgarten der Villa zurückgelegt hatte und dann neben ihm die vier Stufen zur Eingangstür hinaufgegangen war; bei dem starken Westwind in der vergangenen Nacht war es nicht auszuschließen, dass Helenes Fußspuren im Schnee inzwischen verweht worden waren. Dieser Widerspruch interessierte Konrad momentan weniger, als vielmehr die Frage, was seine Helene in dieser Abbruchvilla eigentlich zu suchen hatte; lebte sie tatsächlich dort oder hatte sie diese heruntergekommene Bruchbude nur benutzt, um ihm „näher zu kommen"? Und wenn, dann mit welcher Absicht?

Kopfschüttelnd tappte Konrad unsicheren Schrittes in dem diffusen Licht des Treppenhauses wieder ins Erdgeschoss hinab und zwängte sich durch die Lücke zwischen den lose hängenden Bretter im Eingang wieder ins Freie. Es war wohl kein Zweifel daran möglich, dass er tatsächlich in der letzten Nacht hier in diesem Haus gewesen war. Aber diese Helene?

7. Ein wissenschaftliches Meeting mit Geschmäckle

Konrad war keineswegs so weltfremd, davon auszugehen, dass seine eigene Forschungstätigkeit – so zurückgezogen er auch lebte -, aufgrund seiner Publikationen in internationalen wissenschaftlichen Zeitschriften die Konkurrenz aufmerksam werden lassen mußte. Ihm war klar, dass in seiner Forschungsumgebung sowohl „edle" Anerkennung aber auch fiese Mißgunst durch seine Publikationserfolge aufgekeimt war: Mißgunst schon allein deswegen, weil sein wissenschaftlicher Erfolg möglicherweise den eigenen Erfolg bei der Erlangung finanzieller Förderung durch Drittmittel entscheidend mindern oder gar verhindern könnte. Konrad wollte einfach nicht dem in interessierten Kreisen übliche Geraune über ein Netzwerk wissenschaftlicher Interessen und Beziehungen glauben. So fühlte sich Konrad auch relativ unbelastet, als er für ein wissenschaftliches Meeting in Marburg einen Vortrag über die Interaktionen zwischen dem eukaryoten und plastidären Expressionssystem anmeldete; umso erstaunter und empörter war er, als er vier Wochen später das Programm des Meetings erhielt und feststellen mußte, daß unter dem identischen Titel seiner Vortrags ein Ordinarius einer Universität aus dem Süden Hessens einen Vortrag angemeldet hatte. Das konnte schwerlich ein Zufall sein; diesen Ordinarius kannte Konrad von mehreren DFG[10]-

---

10 DFG = Deutsche Forschungsgemeinschaft

Treffen, wo der es verstand, mit bräsiger Attitüde Fragen zu stellen, mit denen er einzig und allein vor den übrigen Anwesenden brillieren wollte. Fachlich waren sie beide Konkurrenten um denselben „Geldtopf" und das schon seit Jahren; das hatte viel Ähnlichkeit mit einem Florett-Kampf, bei dem allerdings anstelle der Treffer mit diesen Stichwaffen hier die Publikationshäufigkeit in international anerkannten Zeitschriften zählte. Diese „edle Wettkampf" zwischen Konrad und dem Ordinarius war bislang unentschieden geblieben; deshalb hielt Konrad diese Ankündigung ihrer zwei Vorträge unter identischem Titel auf demselben Meeting für eine Art „Schaukampf" vor wissenschaftlich bedeutsamen Publikum. Aber dem wollte sich Konrad stellen[11].

Man kann wohl nachempfinden, mit welcher Anspannung Konrad zu diesem Meeting fuhr. In Marburg angekommen brachte Konrad sein Gepäck in das vorbestellte Hotelzimmer und konnte sich dann schon zum Ort des Meetings aufmachen. In der Fußgängerzone traf er auf den ratlos um sich schauenden Kollegen Braxen, der sich wohl „verfranst" hatte und nicht mehr weiter wußte, wie er zu dem Ort des Meetings gelangen konnte. Konrad half gerne aus, fragte sich aber, warum mit Zunahme des Einflusses kraft erreichter Dienststellung die individuelle eigenständige Wirkungskraft so oft schrumpfte.

---

11 Mit dieser Grundeinstellung hatte Konrad schon manche „Klippe" in seinem Leben erfolgreich umfahren.

Im Institut für Botanik entdeckte Konrad dann die nächste organisatorische „Merkwürdigkeit": es war geplant, daß er und sein wissenschaflicher Kontrahent ihre Vorträge zeitgleich natürlich in verschiedenen Sälen halten sollten. Auch diese „Zufälligkeit" konnte Konrad nicht mehr aus der Fassung bringen; dann wollte er mal sehen, wie viele Interessenten er trotzdem anlocken konnte; denn er konnte davon ausgehen, wer unter diesen Bedingungen zu seinem Vortrag kam, mußte sich wohl tatsächlich aus Interesse an seinen Forschungsergebnissen dafür entschieden haben.

Doch dann sollte ihm als jungem Nachwuchswissenschaftler noch ein weiterer „Stolperstein" in die Quere kommen; als nämlich Konrad im Programm entdeckte, daß vor seinem Vortrag ein Ordinarius der Universität Hannover am Rednerpult stehen würde, schwante ihm schon, daß er seinen Vortrag mit beträchtlicher zeitlicher Verzögerung beginnen müßte, denn sein Vorredner war bekannt dafür, seine Redezeit grundsätzlich zu überziehen.

Konrad hatte jedoch nicht die Folgen dieser Unpünktlichkeit bedacht. Als Konrads Vorredner zehn Minuten über das Ende seiner vorgesehenen Redezeit hinaus immer noch am Pult stand und keine Anstalten machte, endlich zum Ende zu kommen, tauchten rechts und links oben an den Hörsaaltüren die ersten Hörer für Konrads angekündigten Vortrag auf und blieben verblüfft stehen, weil ja der Vortrag, den sie nicht hören wollten, noch nicht beendet war. Außerdem wollten etliche Zuhörer des noch laufenden Vortrags den Hörsaal verlassen, weil sie noch andere Termine wahrnehmen wollten. So kam es zu erheblicher Unruhe im Hörsaal, die endlich auch dem Ordinarius bewußt machte, zum Ende mit seinem Vortrag zu kommen.

Es war eine denkbar ungünstige Startbedingung für Konrads Vortrag; aber er hatte für solche Situationen vorgesorgt und wies zu Beginn seines Vortrags darauf hin, daß er Handzettel von seinem Vortrag mit allen Daten und Literaturquellen anbiete. Und dann begann Konrad seinen Vortrag mit klarer, fester Stimme; nach exakt dreißig Minuten – die ihm auch offiziell zustanden – beendete er seine Vortrag und war sehr stolz darauf, es trotz aller Widrigkeiten geschafft zu haben. Trotz der fortgeschrittenen Zeit blieb die Mehrheit von Konrads Zuhörern noch sitzen und beteiligte sich an einer leidenschaftlichen Diskussion. Konrad war mit der Wirkung seines Vortrags sehr zufrieden.

Er sollte an diesem Tag noch eine angenehme Überraschung erleben. Konrad hatte die Angewohnheit, während eines Vortrages den Blick über die Gesichter der Menschen schweifen zu lassen, wobei er an manchen länger hängen blieb aus Gründen, die er nicht benennen konnte. So war es ihm auch heute ergangen; dabei war sein Blick immer wieder an einem Mann links außen in der dritten Reihe hängen geblieben. Irgendwie paßte dieser etwa dreißig Jahre alte Mann als Zuhörer nicht zu einem naturwissenschaftlichen Meeting; dazu war er in seinem grauen Anzug mit schwarzem Nadelstreifen und grauer Fliege viel zu „edel" angezogen.

Als nun zum Ende von Konrads Vortrag alle Zuhörer zu den Ausgängen des Hörsaals nach hinten strebten, blieb dieser Mann an seinem Platz zunächst stehen und kam dann, nachdem wieder mehr Platz war, nach vorn zu Konrad. Er stellte sich Konrad förmlich als Dr. Luber vom Springer-Verlag vor und fragte Konrad, ob er ihm eine halbe Stunde für eine wichtige Angelegenheit opfern könnte. Nach Kurzem hin und her einigten sie sich auf ein Treffen im Cafe Klingelhöfer in der Haspelstraße; dort könnten sie dann auch ungestört über die sogenannte Angelegenheit des Dr. Luber sprechen. Konrad war längst hellhörig geworden bei der Erwähnung des Springer-Verlages und ahnte in welche Rich-tung diese Unterredung mit Herrn Dr. Luber gehen sollte.

Und Konrad sollte sich nicht getäuscht haben: Nach einer längeren wissenschaftlichen „Lobhudelei" - wie Konrad solch eine Tirde des Herrn Dr. Luber insgeheim nannte - , unterbreitete dieser Konrad den Wunsch des Verlages mit ihm als Autor ein Buch über die Ontologie der Zellorganellen herauszugeben. Konrad war überwältigt von so viel plötzlicher Anerkennung seiner wissenschaftlichen Kompetenz; er hätte gar zu gern gewußt, wer ihn protegiert und dem Verlag empfohlen hatte.

Nachdem Konrad zugestimmt hatte, den Buchauftrag zu übernehmen, und zusagte, das Manuskript von vermutlich

200 Seiten in einem halben Jahr fertiggestellt zu haben, ging es bei leckerer Erdbeer-Rhabarber-Mousseetorte um die Formalien des Autorenvertrags und um Format und Ausstattung des zukünftigen Buches. Nach etwa einer Stunde war sich Konrad mit Dr. Luber in allen Punkten handelseinig (und die Tortenstücke waren aufgegessen.) Als Konrad sich auf der Straße vor dem Cafe per Handschlag von Dr. Luber verabschiedet hatte, war er so zufrieden wie lange nicht mehr.

8. Interne Saboteure

Zu Konrads Leidwesen häuften sich seit einiger Zeit seltsamerweise immer an den Wochenenden apparative Störfälle, welche die Versuchsreihen der gesamten Arbeitsgruppe immer wieder unmöglich machten. Mit Hilfe der Handwerker des Instituts und den Kundendienstleuten der relevanten Firmen ließ Konrad Alles kontrollieren und überholen. Aber die Störfälle am Wochenende wollten einfach nicht aufhören.

Ohne es allgemein bekannt zu machen, zog Konrad mit seinen Algenkulturen um in eine Anlage in einem anderen Haus. Er hatte jetzt bedeutend weitere Wege für die Probe-Nahmen zurückzulegen, hatte aber – oh Wunder – keine apparativen Störfälle mehr zu beklagen. Der Vollständigkeit halber meldete Konrad seinen Sabotage-Verdacht der Institutsleitung; die aber sah keinen Handlungsbedarf und ließ die Arbeitsgruppe Kamphenkel „im Regen stehen".

Konrad ließ es keine Ruhe, er wollte endlich den Übeltäter ausfindig machen. So opferte er mehrere Wochenenden und arbeitete im Labor auch samstags und sonntags; so konnte er die Kulturräume ohne aufzufallen unter Kontrolle behalten. Er ertappte zwar niemanden auf frischer Tat, aber eine Person, auf die Konrad nie gekommen wäre, machte sich überaus verdächtig. Es handelte sich um einen ehemaligen Kollegen von Konrad, dessen befristete Stelle vor zwei Jahren ausgelaufen war und der deshalb auf eine Mitarbeiterstelle an einer Universität in einem anderen Bundesland wechseln mußte. Konrad war sehr erstaunt, daß dieser ehemalige Kollege offensichtlich immer noch Schlüssel für die Toreinfahrt zum Parkplatz als auch für das Laborgebäude besaß. Konrad wußte, daß er mit einer Doktorandin am hiesigen Institut im wissenschaftlichen Austausch stand; das war aber in Konrads Augen kein hinreichender Grund, ihm weiterhin freien unkontrollierten Zugang ins Institutsgelände zu gewähren. Konrad fragte sich, weshalb dieser Dr. Kühbach am Wochenende unbedingt ins Praktumsgebäude in das Zimmer dieser Doktorandin mußte, obwohl sie an diesen Tagen nie anwesend war und von seinem Kommen auch nichts wußte, wie Konrad rausbekommen hatte.

Konrad „legte sich auf die Lauer" und ertappte Dr. Kühbach dabei, wie er regelmäßig in die Kulturräume ging, wo er nun wirklich nichts zu suchen hatte. Erschwerend kam hinzu, daß dann auch immer die Mischventile für die Begasung der Algenkulturen verstellt oder – noch schlimmer – die Thermostaten auf viel zu hohe Temperatur eingestellt worden waren. Konrad war unsicher, wie er weiter verfahren sollte. Eine Überführung bei frischer Tat war seiner Meinung nach illusorisch; er konnte sich nicht vorstellen, wie er eine so peinliche Situation mit seinem ehemaligen Kollegen durchhalten könne.

Also blieb nur eine Überführung des Täters mit sichtbaren Beweisen übrig. Zu diesem Zweck musterte Konrad seinen Bestand an Chemikalien im Labor und zog auch noch seinen

Hollemann-Wiberg aus Studienzeiten zu Rate. Schließlich stellte er eine Lösung aus Kaliumpermanganat her, mit der er am nächsten Freitagmorgen die Regulierräder an den Ventilen der Begasungsanlage sowie die Magnetregler auf den Köpfen der Thermometer der Kulturkästen bestrich. Nach weniger als einer Stunde waren sie wieder trocken und man konnte nichts mehr von der „Präparierung" bemerken. Konrad war mit sich zufrieden.

Es lief alles so ab, wie von Konrad vorausgesehen und geplant. Dr. Kühlbach tauchte wieder am späten Samstag-Vormittag im Praktikumsgebäude auf, ging auch wie erwartet zu den Kultivierungsräumen und kam „vielversprechend" spät wieder zurück. Konrad provozierte ein Zusammentreffen mit Kühlbach auf dem Flur und traf auf ihn, beide Hände tief vergraben in den Seitentaschen seiner Windjacke. Seit diesem Tag war Kühlbachs Interesse am Praktikumsgebäude erloschen und gleichzeitig gab es keine apparativen „Zwischenfälle" mehr.

Dafür erlebte Konrad einen infamen Versuch von „Ansehen-Klau". Konrad war es gelungen, zusammen mit einer Diplomandin den quantitativen und qualitativen Wandel des Cytochroms f im Zellzyklus von Euglena gracilis erstmals nachzuweisen, und es dann auch noch geschafft, die Publikation dieser Ergebnisse in einer international hoch angesehenen Zeitschrift zu veröffentlichen. Die Anerkennung (und der Neid) der Kollegen war ihnen sicher.

Kurze Zeit später ging Konrad für vier Wochen in Urlaub. Seine Abwesenheit wußte Bukowski scheinheilig zu nutzen. Als eine Anfrage von einem Prof. für Biochemie von einer Universität im Rheinland eintraf, ob nicht jemand der Abteilung bei ihnen über die neuen Untersuchungen in Bezug auf Cytochrom f einen Vortrag halten könne, sagte Bukowski flugs zu und fuhr sofort mit der Diplomandin dorthin. Sie referiere mit Erfolg über ihre Untersuchungen und Bukowski heimste die Anerkennung ein, ohne daß ihm eingefallen wäre, auf Konrads Anteil bei den Untersuchungen hinzuweisen.

Als Konrad nach seiner Rückkehr aus dem Urlaub von dem nicht-autorisierten Vortrag über Cytochrom f hörte, war er außer sich über die selbstherrliche Eigenmächtigkeit von Bukowski, konnte im Nachhinein auch nichts mehr ändern an dem ganzen hinterhältigem Gedankenklau. Der Diplomandin gab Konrad keine Schuld; sie war durch die unverhoffte Ehre geblendet, einen Vortrag über ihre Untersuchungen vor so einem „wissenschaftlich erlauchtem" Kreis halten zu dürfen.

Sie fühlte sich so geehrt, daß sie sich auch noch für weitere Experimente von Bukowski einspannen ließ. Konrad fühlte sich nicht mehr zuständig für sie, beobachtete aber das weitere Treiben der Beiden mit großem Interesse. Schon nach wenigen Wochen war Bukowski der Meinung, daß ihre Ergebnisse für eine Publikation hinreichen würde. Bukowski wählte (was für ein Zufall!) genau dieselbe Zeitschrift, in der Konrad so erfolgreich sein Manuskript über das Cyto-chrom f untergebracht hatte. Bukowski reichte sein Manu-skript nach weiteren drei Wochen bei dieser Zeitschrift ein. Es dauerte nur einige Tage, bis sich der Editor-in-Chief der Zeitschrift meldete und eine Reihe von Nachforderungen hatte. Konrad erlebte sozusgen „aus den Kulissen heraus", wie sich das hoffnungsfrohe Duo an die Nachbesserung ihres Manuskripts machten. Aber auch die neue Version fan-den die Gutachter der Zeitschrift nicht hinreichend und überzeugend. So ging es zwischen Duo und Gutachtern ein paarmal Hin-und-Her, ohne daß das Manuskript als publika-tioswürdig erachtet wurde; die Stimmung des Duo drohte zu kippen und Konrad freute sich schadenfroh. Schließlich gab es das Duo auf, weiter gegen das ablehnende Votum der Gutachter anzurennen.

Den Schaden, den Bukowski mit seinem egoistischen Han-deln angerichtet hatte, war erheblich: Die „hoffnungsfrohe" Diplomandin hatte er so frustriert, daß sie - jetzt ohne die fachliche Unterstützung von Konrad – keine Lust mehr hat-te, das Wagnis einer Promotionsarbeit einzugehen. Sie ka-schierte ihren Sinneswandel damit, daß sie behauptete, nun etwas Praxis-bezogenes machen zu wollen. Damit verlor Konrad durch Bukowskis Machenschaften eine mögliche zukünftige Mitarbeiterin und sein Groll auf Bukowski nahm erheblich zu.

Wenn man nun gedacht hätte, daß Bukowski soviel Ehrge-fühl verspüren würde, klein beizugeben. Aber nichts da! Bukowski hatte die infame Eigenschaft, durch diffuse allgemeine Beschuldigungen seine Mitmenschen, also auch Konrad, mies zu machen. Nun kann man der Meinung sein, daß solch Dahergerede doch nicht verfangen würde, aber wenn eine Person mit einer gewissen Bedeutung kraft Amtes „mit Dreck schmeißt", bleibt auf Dauer „immer etwas kleben".

Konrad kamen Bukowskis Anwürfe natürlich auch zu Ohren; er ärgerte sich unmäßig darüber, aber was sollte er in seiner dienstlichen Abhängigkeit von Bukowski schon unternehmen. Er tröstete sich damit, genügend Renommee durch eigene wissenschaftliche Leistung und Lehre international bereits erworben zu haben. Dem wollte er in den nächsten Wochen mit der Veröffentlichung seines ersten wissenschaftlichen Buches sozusagen die Krone aufsetzen. Was ihm auch niemand nehmen konnte, war sein gutes Verhältnis zur Studentenschaft; sie konnten sich bei ihm sicher sein,, daß sie Unterstützung von ihm bekamen, wenn sie interessiert mitarbeiteten. Diese Hilfe war für einen Hochschullehrer nicht selbstverständlich; Konrads Kollegen waren viel zu hochnäsig, um sich zu solcher Hilfe herabzulassen.

9. Die Freiheit der Wissenschaft

Anfang Juni meldete sich Prof. Krause von der WWG bei Konrad und erinnerte an seine Aufforderung, einen Vortrag zu halten. Als Ort hatte er bereits den Kleinen Hörsaal in Konrads Institut requeriert und er wünschte, daß Konrad über „Die Freiheit der Wissenschaft" referieren solle.

Der Termin für Konrads Vortrag war insofern ungünstig, als sich an diesem Juni-Morgen ein strahlend blauer Himmel über die Stadt spannte, sich dadurch offensichtlich jedermann irgendwie tatendurstig fühlte und somit als Institutsangehöriger es geradezu passend fand, heute einmal der Einladung zu dem WWG-Vortrag von Konrad Kamphenkel zu folgen; im Ergebnis war der Kleine Hörsaal so voll, dass einige Zuhörer auf den Stufen links und rechts der Sitzreihen Platz nehmen mußten. Der Anteil von interessierten Studenten war immens und trotz der Morgenstunde erstaunlich kommunikativ, was die versammelte Professorenschaft gewaltig zu irritieren schien.

Prof. Krause war natürlich mit einigen gewichtigen Vertretern der WWG zu „ihrer Veranstaltung" erschienen und gaben dem Ganzen einen gewissen Schein von Bedeutung.

Konrad begann seinen Vortrag mit einer grundsätzlichen Klärung der Begriffe „Freiheit" und „Wissenschaft". Konrad führte aus, daß man mit den Fragen „Wovon?" und „Wofür?" in beiden Fällen dem unterschwelligem Sinngehalt der beiden Begriffe näher kommen könne. Dagegen halte er es für sehr irreführend, von dogmatischen Axiomen auszugehen, wie zum Beispiel das von Hegel: „Freiheit ist die Einsicht in die Notwendigkeit". Man könne es auch noch schwülstiger ausdrücken mit „der normativen Kraft des Faktischen".

Während Konrad bei diesen Worten sein Redemanuskript aufschlug, konnte er – für ihn nicht überraschend – erkennen, dass Prof. Waschke offensichtlich sehr grimmig gelaunt an der Klemme seines obligatorischen Notizbrettes herumnestelte und Prof. Nielson. wieder einmal nicht die Tragweite des augenblicklichen Geschehens verinnerlichen konnte und nur amüsiert zu Konrad am Podium hinaufschaute.

Konrad versuchte unbeeindruckt zu sein und legte los, daß niemand, dem die Freiheit am Herzen liegt, ernsthaft ein wissenschaftliches System wollen kann, das *nolens volens*[12] suboptimale Bedingungen für gute Forschung aufrechterhalte, und daß niemand, dem die Wahrheit am Herzen liegt, ernsthaft ein politisches System wollen kann, in dem „alternative Fakten" der Wissenschaft ihre Existenzberechtigung streitig machen.

„Ich deute bewusst schon am Anfang meines Beitrages darauf hin", jetzt ließ Konrad seinen Blick über die Köpfe seiner Zuhörer schweifen und sah, daß Waschke sein Zuhören

_____

12 Nolens volens = notgedrungem

demonstrativ verweigerte, da er sich – mit vor der Brust übereinander geschlagenen Armen und gesenktem Kopf – einfach bar jeglicher emotionalen Regung den um ihn sitzenden Zuhörern präsentierte. Konrad fuhr damit fort, daß die meisten Anwesenden sicher schon ihre Erfahrungen mit Gutachtersitzungen hätten. Diese begännen meist mit einer gemeinsamen Mahlzeit Aus diesen gemeinsamen Mahlzeiten resultieren ungewollt die ersten Retriktionen conträr zur postulierten Freiheit der Wissenschaft. Es ist zwar normal, daß für die Gutachter Unsicherheiten und Ungewissheiten bestehen, insbesondere hinsichtlich der Frage, ob ihre Wahrnehmungen und Bewertungen mit denen der Kollegen übereinstimmen und ob es glücken wird, eine gemeinsame Bewertung zu formulieren, aber es ist zweifelhaft, ob die Gutachter deshalb gerade solch eine soziale Gelegenheit benötigen, um sich über die Sichtweisen und Haltungen abzustimmen. Denn damit ist der Kungelei und thematischen Beeinflussung Tür und Tor geöffnet, denn unter dem Schirm der finanziellen Begrenzung kann sehr leicht Projekten, die der gängigen Lehrmeinung folgen, der Vorzug gegeben werden zu Lasten von ausgefallenen Vorhaben, die das berechtigte Potential für völlig neue Erkenntnisse bieten. Das widerspricht der Freiheit der Wissenschaft vollkommen, für die in Analogie zu einem Bild von Anselm Kiefer „Lasst tausend Blumen blühen" unbegrenzte Vielfalt gelten sollte. Es ist eine Illusion zu glauben, daß es möglich sein soll, als Gutachter anerkannte Wissenschaftler auswählen zu können, die als Mitglied einer Bewertungsgruppe als gleichberechtigte

Kollegen bewerten und entscheiden, ohne daß Geld und Dienststellung der Beteiligten Einfluß haben können.

Konrad holte tief Luft und behauptete dann mit fester Stimme, daß der reale Wissenschaftsbetrieb nicht mit der idealen Wissenschaft überein stimme. Wer unter Druck stehe, sei unfrei, und Druck erfahre die scientific community in vielerlei Hinsicht. Besonders augenfällig werde dieses systematische Problem beim wissenschaftlichen Nachwuchs. Einer Vielzahl Promovierter, die sich an Publikationen und Drittmitteln messen lassen müssen, stehe eine geringe Zahl von Professuren gegenüber. Die Folge sei Konkurrenz statt Kooperation.

Eines der derzeitig größten Probleme der Wissenschaft sei der Verlust des Kontaktes zur Außenwelt und damit auch der des gesellschaftlichen Rückhalts – und letztlich die Glaubwürdigkeit, dass sie ihre Werte der Freiheit und der Wahrheit tatsächlich noch vertrete. Erschreckend viele Menschen seien bereits der Ansicht, man solle stärker den eigenen Gefühlen und dem Glauben vertrauen als der Wissenschaft. Widersprüchliche Befunde werden eher als Indiz dafür genommen, dass „die Wissenschaft es ja selbst nicht genau wisse", statt als notwendiger Teil des Erkenntnisprozesses.

Konrad machte eine Kunstpause und lies seinen Blick flink über die Zuhörer gleiten: Prof. Krause von der WWG nickte ihm aufmunternd und lächelnd zu und Prof. Waschke war es wohl zu anstrengend geworden, immer noch den uninteressierten Schlafenden zu mimen, er hörte jetzt mit offenen Augen und dem ülichen Grienen richtig zu. Konrad fuhr fort mit seinem Vortrag und kam zu seinem letzten Teil, den er unter vier Leitsätzen abhandeln wolte:

(1) Freiheit der Wissenschaft ein Ideal! Ideal und Wirklichkeit stimmen im Wissenschaftsbetrieb nicht immer überein. Das schwächt das Vertrauen in die Wissenschaft. Unsichere Perspektiven üben Druck auf den wissenschaftlichen Nachwuchs aus, wodurch zwar die anpassungsfähigsten, aber nicht notwendigerweise die kreativsten Köpfe im System bleiben. Systeme sind träge und auf Selbsterhalt ausgerichtet; das Neue und Unvorhersehbare läuft dem diametral entgegen.

(2) Verhältnis zwischen Wissenschaft und Gesellschaft. Es ist allgemein bekannt, daß spektakuläre Ergebnisse bei den Medien beliebt sind, weil mit ihnen der Profit gesteigert werden kann. Weniger bekannt dagegen ist, wie „steinig" und langwierig der Weg zum Erfolg in der Wissenschaft sein kann. Fehl geschlagene Versuche, widersprüchliche Daten, nicht akzeptierte Manuskripte sind nicht selten bei wissenschaftlichen Verfahren, die nur methodisch gut begründet Geltung erlangen. Es muß der Allgemeinheit klar gemacht werden, daß wissenschaftliche Ergebnisse keineswegs immer perfekt sein können, aber der Ehrgeiz besteht, sie ständig zu optimieren,

(3) Verständnis für Wissenschaft. Im Dialog zwischen Wissenschaft und Bildungssystemen ist das grundlegende Verständnis für den wissenschaftlichen Erkenntnisprozeß zu gewinnen. Erst dann ist der Laie befähigt, unwissenschaftliche Behauptungen zu erkennen, deren scheinbare Belege erst dann an Überzeugungskraft verlieren, wenn ihre obskure Herkunft aufgedeckt wird.

(4) Wissenschaft versus Politik.Politische Entscheidungen sollten mit fundiertem Wissen getroffen werden. Um gefühlte „Wahrheiten" nach Gusto zu erfinden, braucht es keine aufwändige Forschung. Gezieltes Verunsichern durch „alternative Fakten" unterminiert das Vertrauen und destabilisiert die Gesellschaft. Misstrauen und Angst sind ein hervorragender Nährboden für totalitäre Systeme. Wissenschaft hat somit eine wichtige Funktion für die Demokratie.

Zum Abschluß seines Vortrags wies Konrad noch darauf hin, daß er die wesentliche Literatur[13] für seinen Vortrag auf einer Liste, die ausliege, aufgeführt habe. Kaum war Konrad fertig mit seinem Vortrag, „schraubte" sich Waschke aus seinem Sitz in die Höhe und wollte ansetzen, über Konrads Vortrag zu debattieren. Aber Prof. Krause ließ ihn nicht zu Worte kommen, indem er ihm coram publico[14] darauf hinwies, daß er sich auf der traditionellen Vortragsreihe der WWG befinde, in deren Rahmen verdienten Nachwuchswis-

---

13 Tanja Gabriele Baudson „March for Science" in Deutschland: Rückblick und Ausblick, Biologie in Unserer Zeit 2017, Heft 3,pp.139-140
14 Coram publico = öffentlich

senschaftlern Gelegenheit gegeben werde, ihre persönliche Sicht zu einem ihnen gestelltem Thema zu präsentieren. „Und", setzte Prof. Krause noch nach, „Sie haben, lieber Herr Kollege, wohl verkannt, wo Sie sich hier befinden? Es handelt sich nicht um das Rigorosum[15] des Herrn Dr. Kamphenkel." Prof. Krause setzte noch süffisant lächelnd hinzu, daß der liebe Herr Kollege doch während seiner Dienstzeit genug Gelegenheit haben würde, um mit seinem Untergebenen in einen fruchtbaren wissenschaftlichen Austausch einzutreten. An dieser öffentlichen Zurücksetzung schluckte Prof. Waschke sichtlich, hatte aber keine Handhabe, sich gegen den mächtigeren „Platzhirsch" Prof. Krause Präsident der WWG durchzusetzen.

---

15 Rigorosum = wissenschaftliche Prüfung zur Erlangung des Doktorgrades

10. Habilitation

Mittlerweile war Konrad der Meinung, daß es an der Zeit sei, seine Forschungsergebnisse der vergangenen neun Jahre in einer schriftlichen Arbeit zusammenzufassen und unter einem übergreifenden Gesamtthema zur Habilitation[16] einzureichen. Konrad war sich bewußt, daß er damit „die Deckung verließ" und sozusagen dem Waschke als Mitglied der Prüfungskommission „vor die Flinte geriet".

Der hatte ungeahnte Manöver in petto: zu der Zeit war ein junger Professor aus der Zoologie Dekan des Fachbereichs und damit Vorsitzender der Prüfungskommission. Dem machte Waschke weiß, daß er momentan beruflich überlastet sei und keine Zeit für eine Begutachtung der Arbeit des Herrn Dr. Kamphenkel habe. Auf diese Weise verzögerte Waschke den Beginn von Konrads Habilitationsverfahren um ein halbes Jahr. Dann wechselte das Amt des Dekans auf einen Ordinarius der Biochemie und – oh Wunder – das Gutachten des Waschke lag nach einem Monat vor. Dann dauerte es nur noch wenige Wochen und Konrad wurde der Termin für seinen Habilitationsvortrag mitgeteilt. Damit war für Konrad klar, daß seine Habilitationsschrift angenommen war, jetzt aber der schwierigste Part des ganzen Verfahrens auf ihn wartete. Er fühlte sich wie der einsame Held im Wilden Westen, dem ein Pistolenduell mit dem ausgefuchsten

---

16 Habilitation = höchstrangige Hochschulprüfung westeuropäischer Universitäten, damit verbunden die Erlangung der Lehrbefähigung (facultas docandi) in einem wissenschaftlichem Fach

Anführer einer Gaunerbande bevorsteht. Für den Habilitatiosvortrag gab es feste ungeschriebene Regeln: Er mußte und durfte nicht weniger oder mehr als fünfzehn Minuten dauern, mußte frei ohne Unterlagen gehalten werden und natürlich das gestellte Thema vollumfänglich und nach dem aktuellen Stand der Wissenschaft ausgerichtet behandeln. Konrad ging das Ganze „sportlich" an. Er kürzte seinen Text solange, bis er mit knapp fünfzehn Minuten hinkam. Dann entschied er sich dazu, auch wieder um Zeit zu sparen mit zwei Diaprojektoren im Wechsel zu arbeiten. Den Vortragstext konnte er nach einer Woche ohne Stocken auswendig „herbeten".

So vorbereitet vermied es Konrad in den letzten Tagen vor seinem Termin, durch das Hauptgebäude zu gehen, um nicht Waschke zufälligerweise zu treffen und sich irgendwelche gehässige Bemerkungen von ihm anhören zu müssen.

Am Tag des „High Noon" war Konrad trotz seiner guten Vorbereitung ziemlich nervös. Er war schon 1 Stunde vor seinem Termin im Kleinen Hörsaal und bereitete die Projektoren vor. Dann tigerte er hinten im Vorbereitungsraum hin und her und memorierte immer wieder seinen Vortragstext.

So war er nahezu erleichtert, als es endlich losging: der Kleine Hörsaal füllte sich bis auf den letzten Platz. Die Lehrenden des Fachbereichs waren komplett anwesend, aber zu deren Verwunderung auch eine erstaunlich große Anzahl von Studenten der höheren Semester. Die Herren des Fachbereichs steckten die Köpfe zusammen und tuschelten erregt miteinander. Dann stellte sich der Dekan vor das Auditorium, knöpfte den obligatorischen Mittelknopf seines Jacketts zu und verkündete allen Anwesenden, daß diese Veranstaltung nur für Habilitierte und solche, die sich im nächsten Jahr habilitieren wollten, zugelassen sei. Unter Murren und viel Gepolter verließen die Studenten wieder den Kleinen Hörsaal. Trotz der Anspannung konnte sich Konrad ein leichtes Schmunzeln nicht verkneifen, wenn er an seinen Vortrag über die Freiheit der Wissenschaft dachte; das hier war ein Beispiel für die Fesseln, die man der Wissenschaft allenthalben anlegte.

Der Dekan meldete sich wieder zu Wort und erklärte formell, daß Herr Dr. Kamphenkel jetzt bitte mit seinem Vortrag beginnen möchte. Konrad hatte die ganze Zeit schon auf diesen Augenblick gewartet wie ein Sprinter in den Startblöcken auf den Pistolenschuß des Startsignals. So erschreckte Konrad seine Zuhörer, als er bei den letzten Worten des Dekans die beiden Projektoren einschaltete und sofort mit seinem Vortrag loslegte. Alle Aufregung war von ihm abgefallen; er nahm keinen der Zuhörer mehr als Einzelperson wahr; die Zuhörer waren nur noch eine amorphe Masse aus vielen, ihm zugewandten Gesichtern; Konrad verspürte fast schon Vergnügen an seinem Vortrag; er erlebte wieder einmal, daß er gleichsam neben sich selbst am Rednerpult stand und sich selbst zusah, wie er redete und agierte; das kam ihm keineswegs seltsam oder absurd vor, sondern er empfand Bewunderung über sich selbst, wie er souverän diese Veranstaltung mit einiger Brisanz meisterte. Ganz real betrachtet, kam diese Grundstimmung Konrads Vortrag sehr zu Gute: er wirkte auf das Auditorium – angesichts der Umstände – erstaunlich ruhig und konzentriert; so überraschte sie Konrad damit, daß er seinen Vortrag nicht einfach „abspulte", sondern er hatte die Nerven, da, wo es angebracht war, manche Passagen seiner Rede mit besonderer Emphase[17] und Gestik vorzutragen.

In der Tat konnten die Zuhörer nicht umhin, sie waren von Konrads Vortrag sehr beeindruckt; sogar Prof. Waschke war von diesem Dr. Kamphenkel überrascht, aber es blieb ja noch die anschließende Diskussion, wo man diesem Herrn „auf den Zahn fühlen konnte."

Aber noch war Konrad nicht am Ende seines Vortrags. Er kam nun zu dem Teil, wo er durch DNA-Sequenzvergleiche Belege für die Wahrscheinlichkeit der Endosymbiontenhypothese[18] vorlegen wollte. Insgeheim feixte Konrad dabei, weil er überzeugt war, daß die Mehrzahl der Awesenden keinen blassen Schimmer von diesen molekularbiologischen Aspekten besaß. Amüsiert nahm Konrad bei seinen Erläuterungen wahr, daß Prof. Waschke mit dem hinter ihm sitzenden Prof. Beil, einem Zoologen für Systematik, in heftigem

---

17 Emphase = Nachdruck in der Rede

18 Endosymbiontentheorie erklärt die Entstehung der Plastiden und Mitochondrien in eukaryotischen Zellen durch intrazelluläre Symbiose mit prokaryotischen Bakterien.

Wortwechsel verwickelt war. Konrad war sich sicher, daß er bei der anschließenden Diskussion aus dieser Ecke bestimmt heftige Widerreden zu erwarten hätte.

Und Konrad sollte Recht behalten; kaum war das obligatorische Klopfen auf den Tischen als zustimmendes Lob für Konrads Vortrag verklungen, als sich auch schon der Prof. Beil zu Worte meldete.

Um das Folgende angemessen würdigen zu können, muß ich des besseren Verständnis halber, Ihnen diesen Prof. Beil etwas näher vorstellen, damit Sie seine Reaktionen und Antworten besser nachvollziehen können. Konrad kannte ihn noch aus seiner Studentenzeit. Damals demonstrierte Prof. Beil im Hörsaal mittels eines speziellen Projektionsaufbaus diverse Kleinstorganismen aus der Sandlückenfauna der Insel Sylt (!). Diese Vorlesung fand zu einer Zeit statt, wo Konrad auf seinem Vorlesungsplan gerade eine Lücke von einer Stunde hatte. Anfangs nur aus Neugierde und weil es nicht lohnte, für eine Stunde in die Stadt zu gehen, sah sich Konrad die Projektionen des Prof. Beil in seiner Vorlesung an; mit seiner Fächerkombination Botanik/Mikrobiologie brauchte er diese Zoologie-Vorlesung aus der Systematik überhaupt nicht, aber es war durchaus unterhaltend, wie Prof. Beil theatralisch die skurrilen Krabbeltierchen präsentierte; er hatte eigentümliche Angewohnheiten, bei denen sich Konrad gut vorstellen konnte, wie dieser Prof. Beil am Strand von Sylt bei seinen Probenahmen gekonnt lässig agieren würde. Habituell passte er gut in den Kreis der Sylter Schickeria, wo er als alerter Professor sicher bei einer anderen Spezies „Krabbeltierchen" Anklang fand. Er war groß und schlank, war stets braun gebrannt (auch im Winter) und spielte wahrscheinlich intensiv Tennis; sonst wäre seine schwungvolle Gestik trotz seines Alters nicht erklärbar gewesen. Ich will auch noch sein volles schwarzes Haar und grauen Schläfen erwähnen.

Dieser „Sandlückenforscher" und Fachmann für Systematische Zoologie konnte der Endosymbiontentheorie aus fachlicher auf keinen Fall zustimmen. Seinem persönlichen Widerwillen mußte und wollte er jetzt Ausdruck verleihen. Und das tat Prof. Beil jetzt ausgiebig und als Schauspiel für Alle.

Bei Prof. Waschke machte Prof. Beil mit seinem emotionalen Wortschwall großen Eindruck; halb zu ihm umgedreht griente er ihn anerkennend an.

Bei Konrad jedoch war die vorgetragene Argumentation völlig am Thema vorbei: er sah sich gezwungen, dem Auditorium den Unterschied von Theorie und Hypothese zu erläutern: er führte aus, daß eine wissenschaftliche Hypothese eine auf dem Stand der Wissenschaft gründende Annahme sei, die zwar geeignet ist, bestimmte Erscheinungen zu erklären, deren Gültigkeit aber nicht oder noch nicht bewiesen ist. Eine Theorie dagegen sei ein System wissenschaftlich begründeter Aussagen, das geeignet ist, Gesetzmäßigkeiten zu erklären und Prognosen für die Zukunft zu erstellen. Berühmte Beispiele für Theorien seien die Relativitätstheorie und die Evolutionstheorie. Damit meinte Konrad genug getan zu haben, um wieder auf den Boden sachlicher Argumentationen zu gelangen.

Aber ein Prof. Beil gab nicht so schnell auf! Mit einigem Verdruß sah Konrad, wie Prof. Beil angriffslustig seine Hände aneinander rieb und schon wieder Anstalten machte, zu reden. „Wo aber Gefahr ist, wächst das Rettende auch[19]", sollte Konrad tatsächlich erleben. Prof. Schmidt aus der Mikrobiologie konnte nicht mehr an sich halten und kam Prof. Beil zuvor. Es entspann sich ein heftiges Streitgespräch zwischen den Beiden und Konrad konnte entspannt zuhören, ob gegebenenfalls auch er noch etwas sagen sollte. Aber er hatte Glück; er war in dieser Diskussion nicht mehr gefragt.

Zum Abschluß der ganzen Veranstaltung schalteten sich noch die beiden Assistenten des Dekan ein; sie stellten Konrad unproblematische Fragen, wohl hauptsächlich, um vor dem Auditorium auf sich selbst aufmerksam zu machen. Dann hatte es Konrad geschafft, der Dekan gratulierte ihm.

Am Nachmittag wiederholte Konrad seinen Vortrag für die Studenten auf deren Bitte im Praktikumsgebäude, Anschließend hatte Konrad zum Umtrunk mit kaltem Buffet gebeten.

---

19 Aus der Hymne „Patmos" von Hölderlin

11. Das mißlungene Finale

Der bewußte Freitag zeigte sich schon am Morgen ohne große Begeisterung: grau verhangen, vollkommen belanglos, weil windstill, und mit melancholischem Tropfen des an den Zweigen niedergeschlagenen Nebels; und das am Ende des Wonnemonats Mai.

Konrads Stimmung war in Anbetracht der anberaumten und von ihm geplanten Ereignisse keineswegs euphorisch. Nach dem mühevollen Aufstehen und gequältem Aufsuchen der Toilette stand er im Schlafanzug am Fenster des Wohnzimmers mit einer Tasse kalten Kaffees und einer eingetrockneten Appenzeller-Käserinde in den Händen. In die von den Baumzweigen vor ihm langsam abperlenden Regentropfen sinnend vertieft, jeden Schluck des kalten Kaffees „genießend" und von der Käserinde auch nicht besonders angetan, keimte in Konrad plötzlich unaufhaltsam der Gedanke auf, wozu eigentlich all das noch, und daß es an der Zeit sei, dem allen ein Ende zu machen und damit auch ein Zeichen zu setzen. Er war auf einmal wild entschlossen, seinen lange gehegten Plan anlässlich der Doktorfeier seiner Promotionskandidatin Elfriede heute Abend in die Tat umzusetzen. Als er sich jetzt vom Fenster abwandte und von der warmen Wohnstube über das kalte Treppenhaus und die noch kältere Toilette gehen wollte, rutschte ihm auf dem Podest im Treppenhaus seine Schlafanzughose spontan bis auf die Höhe seiner Knie hinab. Konrads aufmüpfigen Gedanken, wie man die Welt endlich verbessern könne, - was für Konrad selbstverständlich eine Verbesserung seiner eigenen wissenschaftlichen Situation bedeutete – fielen augenblicklich in sich zusammen, wie ein Souffle im Backofen, bei dem zu früh die Backofentür geöffnet worden war und die kalte Luft damit für die Rückkehr zur Wirklichkeit – also dem Zusammensacken des Souffles – gesorgt hatte. Desillusioniert versuchte Konrad nach dem kalten Duschen, das seinen Elan für diesen Tag auch keineswegs beflügelt hatte, sich anzuziehen, ein wenig zu essen und dann ins Institut zu gehen, wo ja heute einiges bevorstand. Was Konrad jetzt noch nicht wissen konnte, war, dass er heute noch kurz nach Mitternacht völlig schuldlos auf der Flucht nach Italien sein würde.

Für Konrad hatte dieser Freitag aus mehreren Gründen große Bedeutung: Seine langjährige Doktorandin Elfriede (oder umgangssprachlich „Elli") stand heute vor ihrer Promotionsprüfung; aus Konrads Sicht war diese Elli seit langer Zeit die intelligenteste Mitarbeiterin, die er in seiner Arbeitsgruppe gehabt hatte. Aber für ihn war sie auch die, deren Betreuung und Beratung für ihn äußerst strapaziös und zeitraubend war: oft hatte er den Eindruck, daß Elli experimentelle Probleme eigentlich nicht lösen, sondern nur ausgiebig mit ihm darüber reden wollte. Ein anderes Problem, das Konrad den täglichen Umgang mit Elli sehr erschwerte, stellte sich erst nach den ersten zwei Wochen in Konrads Laborbereich heraus. Elli fremdelte mit allen Männern und fühlte sich offensichtlich stark von Frauen angezogen. Konrad kümmerte sich prizipiell nicht um die geschlechtliche Orientierung von den Personen, die bei ihm im Labor arbeiten wollten. Aber auch für Konrad war der tägliche Umgang mit Elli im Labor nicht unproblematisch; mußte er doch ständig der besonderen Situation mit Elli gewärtig sein und sich seiner gelegentlichen Späße, die er nie anzüglich oder personenbezogen meinte, besser gänzlich enthalten. Konrad war stolz auf sich, die zwei Jahre mit Elli einigermaßen ohne ernste Spannungen gemeistert zu haben. Er hoffte jetzt nur noch, daß Elli die drei mündlichen Prüfungen ohne persönlichen Emotionsanfall überstehen würde. Dann war er diese Verantwortung auch los und mußte sich derzeit um niemand mehr kümmern.

Gegen 18.00 Uhr am Abend wurde im Zentralgebäude der Universität bekannt gegeben, daß alle heutigen Aspiranten die Prüfungen zur Promotion erfolgreich bestanden hätten. Wie traditionell üblich für frisch Promovierte, wurde Elli in einem geschmückten Bollerwagen, gezogen von Mitarbeitern aus Konrads Arbeitsgruppe, vom Uni-Gebäude abgeholt und zum Schäferbrunnen gebracht. Dort war es üblich, daß die frisch Promovierten über den Wassergraben hinüber zur Stein-Statue des Schäfers stiegen oder hangelten, um ihn dann zu umarmen, einen mitgebrachten Blumenstrauß abzulegen und zum Abschluß den Schäfer auch noch zu küssen. Da dieses Gaudi unter den Augen einer großen Menge Schaulustiger stattfand und die frisch Promovierten meist schon ein oder zwei Gläser Sekt intus hatten, war die Überwindung des Wassergrabens für sie heikel und jeder Ausrutscher wurde von der Menge lauthals kommentiert.

Jetzt stieg Elli aus ihrem Bollerwagen und alle warteten auf ihre Brunnenbesteigung; doch Elli bockte wie ein Turnierpferd vor Pulvermanns Grab. Konrad ahnte sofort, daß Elli mit einer ihrer feministische Attacken kämpfte: sie konnte nicht zu einem Mann hinaufsteigen, ihn umarmen und auch noch küssen. Konrad wollte auf jeden Fall den drohenden Eklat vermeiden und sprach kurz entschlossen Ellis bedeutend ältere Freundin an, die neben ihm in der gaffenden Menge stand; er bat sie eindringlich, zu dem Schafhirten hinaufzusteigen, sich neben ihn zu stellen und auf Elli zu warten. Die Freundin durchschaute wohl seine Absicht und stieg behende zum Schafhirten hinauf. Und oh Wunder! Jetzt war auch Elli nur zu gern bereit, ihrer Freundin zur Brunnenfigur zu folgen. Dort umarmten und küßten sich die beiden Frauen unter dem Johlen und Applaudieren der Menge. Konrad war die geschlechtliche Orientierung seiner Mitmenschen egal, er hatte aber bei einer derartigen öffentlichen Zurschaustellung von eigentlich doch privaten Gefühlsäußerungen stets ein äußerst unwohles Gefühl.

Aber schließlich war die Besteigung des Schäferbrunnens glücklich überstanden und Elli wurde in ihrem Bollerwagen zum Institut gekarrt, wo traditionell die Doktorfeier stattfinden sollte. Hier trennte sich Konrad für eine Weile von der

Gruppe und ging allein in sein Labor im Praktikumsgebäude.

Jetzt war es soweit, um seinen lang gehegten Plan in die Tat umzusetzen. Konrad saß auf einem Drehhocker vor seinem Labortisch und versuchte Klarheit in seinem Kopf zu schaffen. Er spürte schon das gefürchtete Pochen in seinen Schläfen und suchte, dem durch Massieren mit beiden Händen entgegenzuwirken.

Was wollte er hier noch; alles, was in seiner Macht stand, hatte er erreicht und abgeschlossen: seine Habilitation hatte er erfolgreich abgeschlossen, das Manuskript für das geplante Buch war fertig und lag beim Verlag und seine Examenskandidaten hatte er alle bis zu ihrer Abschlußprüfung betreut: er konnte also mit sich zufrieden sein. Doch was hatte er hier an diesem Institut unter diesen gehässigen Vorgesetzten noch zu erwarten? Nichts! Bei diesen Gedanken nahm der Druck in seinem Kopf schmerzhaft zu und er hörte schon angstvoll den wilden Ansturm der Rösser, mit denen seine Anfälle stets ihren Höhepunkt erreichten.

Konrad wollte dem zuvorkommen und drehte sich schwungvoll zum Kühlschrank, um mit einem Schluck kaltem Mineralwasser den Anfall zu stoppen. Unglücklicherweise fiel sein Blick auf die Ampulle mit alpha-Amanitin[20]-Lösung, die er in der letzten Zeit für seine Experimente mit RNA-Polymerasen gebraucht hatte. Gerade jetzt stürmten

20 alpha-Amanitin = hemmt die Proteinsynthese in Zellen; gehört zu den gefährlichsten Wirkstoffen, die in der Natur vorkommen; stammt u.a. vom Knollenblätterpilz.

die durchgehenden Rösser mit vor Angst geweiteten, rotgeränderten Augen durch Konrads Kopf. In panischer Angst griff er automatisch nach der Ampulle, steckte sie in die Jackentasche und wurde augenblicklich sehr friedlich, konnte er doch aus Erfahrung auf das Erscheinen von Helene hoffen. Aber nichts geschah; langsam wurde Konrad wieder normal und brach zu Ellis Doktorfeier im Hauptgebäude auf, wo man auf ihn als ehemaligen Doktorvater sicher schon wartete.

Aber da irrte sich Konrad völlig: Elli saß mit ihrer ältlichen Freundin zusammen und bedurfte seiner überhaupt nicht. Die Feier war in vollem Gange: bei heruntergedimmten Licht wurde bei so lauter Musik, daß man sich eigentlich nicht unterhalten konnte, wild getanzt und den Alkoholika kräftig zugesprochen. Das Kalte Büffet war schon weitgehend geplündert. Konrad fühlte sich irgendwie deplaziert und überflüssig, wenn in ihm nicht ein unbestimmbarer Drang rumort hätte, heute noch etwas Entscheidendes anzustellen. Und darum blieb er, auch wenn er sich schon zu langweilen anfing.

Da Konrad noch zu nüchtern und seine wenig gesprächige Art bekannt war, fand sich auch kein Gesprächspartner auf Dauer. Für dieses Umfeld hatte Konrad höchst eigenartige Regeln für sein Verhalten: „Wer schweigt, kann noch reden. Wer gesprochen hat, kann nicht mehr schweigen. Auf dieser Asymmetrie der Kommunikation gründet letztlich jede taktische Klugheit." Und: „Sich auf das zu verlassen, was ein

Mensch sagt, ist immer risikobehaftet. Wahrheiten sind stets provisorisch, während Lügen oft unverrückbar sind." Unter diesen Prämissen konnte mit Konrad schwerlich eine anregende Unterhaltung gelingen. Ihm war das auch ganz recht, so konnte er ungestört und unbeachtet die ganze Mischpoke beobachten und auf den richtigen Moment für sich warten.

Konrad brauchte keine Sorge haben, die Gäste hatten alle mit sich selbst oder miteinander zu tun. Prof. Waschke fehlte als Einziger; er war aber im Institut, denn Konrad hatte Licht in seinem Büro gesehen, als er vom Praktikumsgebäude herübergekommen war. Da Waschkes Büro den Gang hinunter nur zwei Zimmer entfernt lag, konnte Konrad nicht glauben, daß Waschke bei dieser lauten Musik mit durchdringenden Bässen in seinem Büro einen einzigen klaren Gedanken fassen konnte. Aber er wollte wohl demonstrativ zeigen, wie beschäftigt er war und sich noch spät am Abend für die Belange des Institutes einsetzen mußte. Hätte man ihn danach befragt, hätte er sicher mit todernster Miene geantwortet: „In East Lansing haben wir immer ...." In der Regel machte dieser Ausspruch sein Gegenüber vor falscher Ehrfurcht mundtot, war aber im Übrigen genauso sinnleer wie das Orakel von Delphi. Aber Konrad war sich sicher, irgendwann würde der „Fuchs schon aus seinem Bau kommen". Solange wollte er auf dieser Feier auf ihn warten.

Die Zeit wurde ihm nicht lang, die fortgeschrittene Feier bot ihm Unterhaltung genug:

Dr Bukowski hatte wohl schon arg Alkohol konsumiert, denn er saß mit rotem Kopf und glasigen Augen am Tisch, vor sich – wie praktisch – eine halb geleerte Whiskyflasche. Er saß mit Handwerkern des Institutes zusammen und unterhielt sie mit seinen Sottisen[21] über die Anwesenden. Konrad war sich sicher, daß er bei Bukowskis Schmähreden eine prominente Stelle in der Reihe seiner Opfer einnahm. Bukowski schien seine Zuhörer jedenfalls köstlich zu amüsieren, denn sie brachen immer wieder in „Schenkel-klopfendes" Gelächter aus. „Der Knechte Schar ihm Beifall brüllt", ging Konrad bitter das Goethe-Zitat durch den Kopf.

Von der zweiten Gruppe, die Konrad ins Auge fiel, konnte er auch nichts Gutes erwarten; die Juristin Müllner und Prof. Kunzmann hatten jeder ein Glas Sekt vor sich und hechelten die Anwesenden durch. Das konnte er daran erahnen, daß die Müllner, herrisch aufrecht sitzend, ihren Blick von Einem zum Anderen schweifen ließ und ihre Meinung, mit vorgehaltener Hand, dem Prof. Kunzmann mitteilte, der halb vorgebeugt sich abmühte, bei der lauten Musik die Müllner zu verstehen. Wahrscheinlich kungelten die Beiden wieder irgendwelchen aberwitzigen, zeitaufwendigen Unsinn aus, den kein vernünftiger Mensch wirklich gebrauchen konnte.

Unbelastet von diesen Animositäten tanzte oder bewegte sich in einer Art, die er für Tanzen hielt, der größte Teil der jüngeren Belegschaft des Instituts. Zieht man in Betracht, daß die Feier nun schon vor rund vier Stunden begonnen

---

21 Sottise = abfällige, stichelnde, verletzende Bemerkung

hatte und seitdem so manches Glas Bier oder Proseco die Kehlen hinuntergelaufen war, so war es ganz normal, daß der gemeinsame Tanz recht schwungvoll und gelegentlich nicht mehr ganz standfest war. Wie immer dominierte Annemarie, eine „überalterte" Doktorandin von Bukowski, die Szene. Sie war ursprünglich TA am Zoologischen Institut gewesen, hatte dann aber ein Biologie-Studium begonnen und hatte es über Diplom-Prüfung bis in den Status einer Doktorandin geschafft. Konrad kannte sie vom Sehen und war damals sehr erstaunt gewesen, daß nun schon Frauen aus Nachtclubs oder vom Straßenstrich im Hörsaal auftauchten. Wenn man sie unbefangendas erste Mal sah, konnte man Konrads spontane Meinung über Annemarie gut verstehen. Annemarie hatte einen hochgetürmten knallroten Lockenkopf und trug immer überaus enge schwarze Jeans und ebenso enge schwarze Oberteile; man konnte den Eindruck haben, daß ihr die Kleidung vor zehn Jahren vielleicht gepaßt haben könnte. Böse Zungen sollten angeblich behaupten, daß Annemarie sich durch diverse Betten empor gearbeitet hätte. Dem gab sie auch selbst Vorschub, da sie allenthalben verkündete, sie führe mit ihrem Mann in gegenseitigem Einverständnis eine „offene Ehe". Konrad sah, daß Annemarie sich einen bedeutend jüngeren Diplomanden aus der Cytologie gegriffen (!) hatte und mit ihm – ob er wollte oder nicht – durch die Gegend trampelte. Doch das Unheil ruhte nicht. Annemarie hatte das Pech, daß hinter ihr ein Paar tanzte, dessen Herr Hosen mit Aufschlägen trug. In diese Aufschläge geriet Annemarie mit dem hohen Absatz ihres rechten Schuhs. Was zur Folge hatte, daß der Herr beim nächsten Tanzschritt Annemarie den rechten Fuß unterm Leib wegzog, wodurch sie vornüber auf ihr junges Opfer fiel und mit ihm zu Boden ging. Das Tohowatobu, das dem Sturz folgte, kann sich wohl jeder vorstellen; es soll sogar jemand etwas über ein gefallenes Mädchen gerufen haben.

Ich muß mich leider zu Worte melden: die Geschehnisse der letzten drei Abschnitte ereigneten sich nicht nacheinander, sondern zum Teil gleichzeitig, wie es halt auf solch einer Feier etwas tumultarisch abläuft. Was im Folgenden passierte, unterlag dagegen wieder einer chronologischen Abfolge und veränderte Konrads Leben in einer Weise, die er morgens noch nicht für möglich gehalten hätte.

Eine äußerst lebhafte Clique hatte sich an der Cocktail-Bar um den Gartenbaudirektor Zetsche versammelt. Er war so viel persönlichen Zuspruch im täglichen Leben nicht gewohnt und fühlte sich dementsprechend geehrt. Beflügelt von der Wirkung etlicher Cocktails und den anfeuernden Reden aus seinem angeheitertem Umfeld ließ er sich hinreißen, eine durch Prof. Waschke initiierte Neuerung im Institut zum ersten Mal und völlig unbegründet zu benutzen (wieder so eine Reminiszenz aus East Lansing): ein rotes Holzkästchen mit Glasscheibe, in dem eine rote Trillerpfeife hing, mit der im Brandfall Alarm gegeben werden sollte. Zetsche gab sich alle Mühe, so laut wie möglich zu pfeifen und sah dabei aus wie ein rotgesichtiger Hase, der Pfeife raucht[22]. Zetsche war mit seiner Pfeiferei so laut, daß er die Tanzmusik übertönte und Prof. Waschke wie Münchhausens Kanonenkugel aus seinem Zimmer geschossen kam.

Nach einem Augenblick der allgemeinen Verwirrung hielt irgendjemand das Tonband an. In der plötzlichen Stille drehten sich alle zu Prof. Waschke um, so daß der Institutschef umringt von seinen Untergebenen einen recht hilflosen Eindruck auf Konrad machte. Prof. Waschke stand nicht weit von Konrad entfernt; so daß er sein Gesicht im Profil betrachten konnte. Dieser Mann hatte, ganz unabhängig von seiner augenblicklichen Gemütsverfassung, immer dieses breite Grinsen im Gesicht. Diese Marotte hatte er auch aus East Lansing mitgebracht. Konrad hatte plötzlich die Vision, diesem grinsenden Gesicht eine rote Clowns-Nase anzustecken, und stellte zu seiner eigenen Verwunderung fest, daß hinter der grinsenden Maske ein Mensch mit großen Dünkel steckte. Als wolle Waschke Konrads geheime Gedanken bestätigen, wandte Waschke sich zu Konrad um und gratulierte ihm, daß seine Doktorandin ihre Prüfungen bestanden habe. Diese Gratulation fand Konrad ziemlich absurd, aber es sollte noch skurriler werden. Als Waschke erfuhr, daß Elli mit der Gesamtnote 1 bestanden habe, sagte er kopfschüttelnd, diese Note würde bei ihm kein Kandidat bekommen, denn das würde ja bedeuten, daß der genauso gut sei wie er, und grinste breit dazu.

---

22 Von diesem denkwürdigen Augenblick existieren sogar einige Schnappschüsse im Institut.

Konrad spürte, wie Groll in ihm aufstieg und ihm fast den Atem abschnürte. Das unheimliche Pochen in seinen Ohren setzte ein und seine Schläfen und Stirn schien von einem engen Reif umspannt.Voller Schreck meinte Konrad wieder den Hufschlag der tobenden Rosse zu hören. In diesem Stadium spürte er die Giftampulle in seiner Jackentasche wie ein glühendes Stück Eisen.

Inzwischen hatte sich Waschke Zetsche zugewandt und wollte gerade anheben, ihn wegen der unrechtmäßigen Benutzung der Alarmpfeife zu maßregeln, als der Obergärtner Lange sich einmischte und leicht lallend dem Waschke unbedingt einen Cocktail anbieten mußte; leicht angewidert nahm Waschke ihm den Plastikbecher mit einer tiefblauen Mixtur ab und stellte ihn auf einem Vorsprung des Wandpaneels hinter sich ab.

Damit stand Waschkes Cocktail-Becher Konrad direkt vor der Nase. Waschke war in einen heftigen Wortwechsel mit den nicht mehr ganz nüchternen Gärtnern verstrickt. Hinter Waschkes breitem Rücken fühlte sich Konrad sicher. Fast wie von selbst schlüpfte seine rechte Hand in die Jackentasche, brach dort den langen Fortsatz von der Giftampulle ab und mit einer kurzen Handbewegung leerte er sie in Waschkes Cocktail-Becher. Nach getaner Tat fing Konrad an, fürchterlich zu zittern; er wollte auf keinen Fall jetzt irgendwie auffallen und mied jeden, der ihn möglicherweise ansprechen wollte. Also zog er sich peu a peu zur Treppe ins Erdgeschoß zurück, wobei er versuchte, Waschke die ganze

Zeit im Auge zu behalten. Der war langsam das nutzlose Wortgefecht mit den besoffenen Gärtnern Leid, griff nach seinem Cocktail-Becher hinter sich auf dem Wandpaneel und ging mit ihm in der Hand zurück in sein Zimmer. Das Alles hatte Konrad vom Treppenanfang aus mitbekommen und fand jetzt, daß es höchste Zeit für ihn sei, das Haus zu verlassen. Zu dem Zeitpunkt wußte Konrad noch nicht, daß er damit das Institut für immer verließ.

Doch im Augenblick war Konrads einziger Gedanke: Flucht ! Er mußte weit weg sein, bevor Waschke tot in seinem Büro aufgefunden wurde.

Konrad ging zügigen Schrittes zum nahe gelegenen Bahnhof. Dort erreichte er einen Fernzug mit Kurswagen nach Port Bou[23]. Es gelang ihm, unbeobachtet in einen Liegewagen zu kommen. Damit begann für Konrad eine stundenlange Tortour: Das Rumpeln und Scheppern des fahrenden Express wurden überlagert von
dem Stampfen der heranstürmenden Rosse; dazwischen schob sich immer wieder das grinsende Gesicht von Waschke mit roter Pappnase und geschlossenen Augen; doch das Waschke-Gesicht machte plötzlich die Augen auf und die Augäpfel quollen aus ihren Höhlen hervor, die grinsenden Lippen öffneten sich und Schaum trat vor den Mund; Waschke brachte unter Röcheln das Wort „Mörder" hervor. Konrad krümmte sich im Liegen zusammen, aber es gab

---

23 Port Bou, auch Portbou = Ort in Nordspanien, in der Comarcia Alt Emporia in Katalonien an der Costa Brava

kein Entfliehen, diese Sequenz peinigte Konrad in einer Endlosschleife immer wieder.

Erst als der Express zwischen Frankfurt und Mannheim in rasendem Tempo die Rheinebene durchfuhr, nahte für Konrad die Erlösung; die Abteiltür wurde aufgeschoben und Konrad nahm im schummrigen Licht der Nachtleuchte über der Tür zunächst nur eine Person in „Bahnuniform" wahr. Sie hatte eine Schlafdecke im Arm, die sie ihm jetzt überreichte. Als sie ihn dabei ansprach, war er hellwach und plötzlich aller Sorgen ledig: Es war „seine" Helene. Konrad streckte sich wohlig auf der Liege aus und zog sich die Schlafdecke bis ans Kinn hoch. Er schlief endlich beruhigt ein.

Das ist das Letzte, was ich Euch von Konrads Karriere berichten kann. Der Vollständigkeit halber ist noch nachzutragen, daß Prof. Waschke, als er mit dem Cocktail-Becher in der Hand sein Büro erreicht hatte, voll Ingrimm auf die blaue Brühe schaute und sie dann kurzerhand in den Ausguß kippte, den leeren Becher warf er in den Papierkorb. Das war Konrads letztes Experiment in diesem Institut und es war daneben gegangen. Aber diesem Risiko sind sich experimentelle Naturwissenschaftler immer bewußt.

Als Konrad nach drei Wochen immer noch nicht zum Dienst im Institut erschien und telefonische Nachforschungen über seinen Verbleib erfolglos blieben, sah sich die Juristin Müllner genötigt, Prof. Kunzmann damit zu beauftragen, daß er die Finanzbehörde in der Landeshauptstadt über das unentschuldigte Fehlen des Dr. Kamphenkel unterrichten und das einstweilige Einstellen der Zahlung seiner Dienstbezüge veranlassen sollte. Damit war die – wie sagt man doch – hoffnungsfrohe Karriere des unschuldigen Dr. Konrad Kamphenkel an dieser Universität zu Ende. Immerhin hatte er sich habilitiert, so hatte er im Ausland gewiß noch eine Chance.

Nachwort

Ich muß Euch gestehen, daß die Geschichte über Konrads Karriere ziemlich „schräg" und unwirklich für die deutsche Universitäten und für die deutsche „Wissenschaftslandschaft" generell unzutreffend ist. Um Einiges wieder zurecht zu rücken, will ich deshalb pince-sans-rire[24] noch meine Meinung zu Konrads Karriere anfügen:

Es kann nicht sein, daß man in einer akademischen Laufbahn aufsteigt, ohne daß Klarheit über die psychische Eigenschaften vorliegt.

Es kann nicht sein, daß sich Professoren als zum exakten Denken prädestinierte Wesen sich so egoistisch und unkollegial benehmen, wie hier unverantwortlich beschrieben worden ist.

Es kann nicht sein, daß Angehörige des sogenannten akademischen Mittelbaus in ihrem wissenschaftlichen Eifer durch finanzielle oder administrative „Fesseln" behindert werden.

Es kann nicht sein, daß wissenschaftliche Mitarbeiter länger am Institut beschäftigt sein wollen als ihr befristeter Zeitvertrag erlaubt.

Es kann nicht sein, daß Professoren ihre Examenskandidaten erst bei deren mündlicher Prüfung richtig kennenlernen und ihre Assistenten vorher völlig selbständig diese zukünf-

---

24 Pince-sans-rire = mit trockenem Humor

tigen Examenskanditen bei der Durchführung ihrer experimentellen Arbeit betreuen.

Es kann nicht sein, daß die wissenschaftlichen Mitarbeiter plötzlich neue Methoden in der Arbeitsgruppe einführen und damit die bisherigen, erprobten Verfahren ablösen.

Es kann nicht sein, daß bei wissenschaftlichen Publikationen nur der Assistent mit Namen aufgeführt wird und nicht sein Vorgesetzter, der Professor.

Es kann nicht sein, daß es dem Assistent völlig allein gelingt, eine wissenschaftliche Zeitschrift zu etablieren, und anschließend wird dafür nur sein Vorgesetzter, der Professor, geehrt.

Es kann nicht sein, daß Professoren – integer kraft Amtes – in ihren Entscheidungen abhängig sind von dubioser Einflußnahme.

Es kann nicht sein, daß all dies nicht sei kann! Oder doch?

Mehr habe ich dazu nicht zu sagen

Herzlichen Dank
an
meine drei guten Feen
Emi, Kaktusblüte und Gitti !

Vom gleichen Autor (Pseudonym) bereits
erschienen:

Holger Nielsen
Ralfs Erbe
BoD, 2003, 256 Seiten, ISBN-10:
3833005947, Amazon,
18,20 Euro
Holger Nielsen
Wer, wenn nicht er ?
BoD, 2011, 438 Seiten, ISBN-10: 384256854,
Amazon,
27,90 Euro
Holger Nielsen
**Mein zweiter Schlaganfall
und mein Weg zurück zu mir
eine therapeutische Nabelschau**
BoD, 2024, 120 Seiten. ISBN
9783758367168,
18, 99 Euro

Holger Nielsen
Tödlicher Sturz von den Kreidefelsen
BoD, 2024, 112 Seiten, ISBN 978759714701,
18, 99 Euro